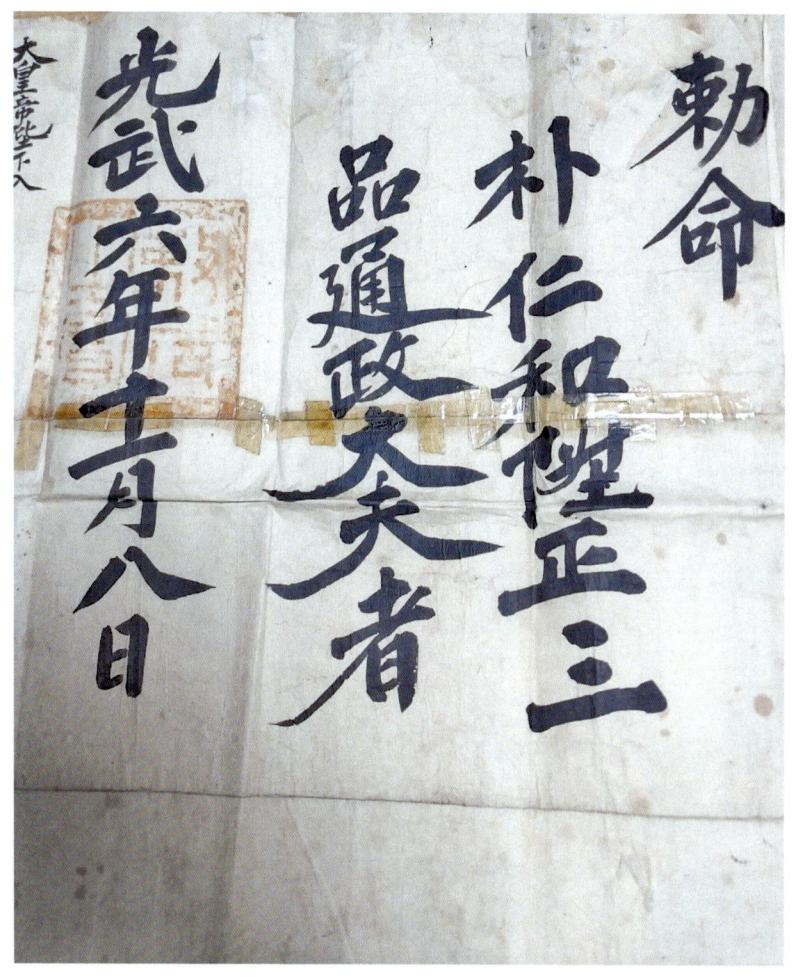

勅命
朴仁和陞正三
品通政大夫者

大皇帝陛下入

先武六年十一月八日

박인화 증조부님께서 광무 6년 11월 8일(1902년 11월 8일) 고종황제로부터 받은 정 삼품, 통정대부 승진 임명장이다.

1. 가문의 명예를 나타내려는 것이 아닌 과거 121년 전에 고종으로부터 받은 역사적 가치가 있는 것임을 나타내고 싶다.

2. 가보로 보관중인 것을 모르고 큰집의 사촌 큰형께서 한지라서 발로 차며 즐기는 제기를 만들려고 반쪽을 칼로 잘라내는 것을 이것의 역사와 가치를 아신 저의 부친께서 놀라서 빼앗아 원상 복구를 위하여 잘라진 부분을 테이프를 구하여 붙이고는 특별히 보관하시던 것을 내게 잘 보관하라 부탁하신 소중한 것이다.

제　　　호　　**장 학 증 서**

성 명 박 종 완

년　　월　　일생

위 학생은 품행과 사상이 방정하고 학업성적이 우수하며 지역사회 발전과
향토개발에 기여할수있는 자로서 민족적 여망과 국가번영을 위하여 일
할수 있는 인재를 배양키 위하여 본 장학회 정관에 따라　제　　회
제　　차분 장학금을 자에 지급함

서기 1977 년 4 월 22 일

재단
법인 **보령장학회** 이사장 **최 준**

제　　호　　**장 학 증 서**

성 명 朴鐘完

1947 년 6 월 24 일 생

위 학생은 품행과 사상이 방정하고 학업성적이 우수하며 지역사회 발전과
향토개발에 기여할수있는 자로서 민족적 여망과 국가번영을 위하여 일
할수 있는 인재를 배양키 위하여 본 장학회 정관에 따라　제　　회
제　　차분 장학금을 자에 지급함

서기 1977 년 10 월 8 일

재단
법인 **보령장학회** 이사장 **최 준**

재단법인 보령장학회에서 수여한 장학증서로 1977년 4월, 10월 2차례 서울
대 상대에 입학한 인재로 향토개발에 기여할 수 있는 학생으로 귀하게 여겨
서 장학증서와 학교 등록금의 5배를 넘는 장학금을 받았다. 향토 개발에 기
여해야하는 의무를 다짐을 하여본다.

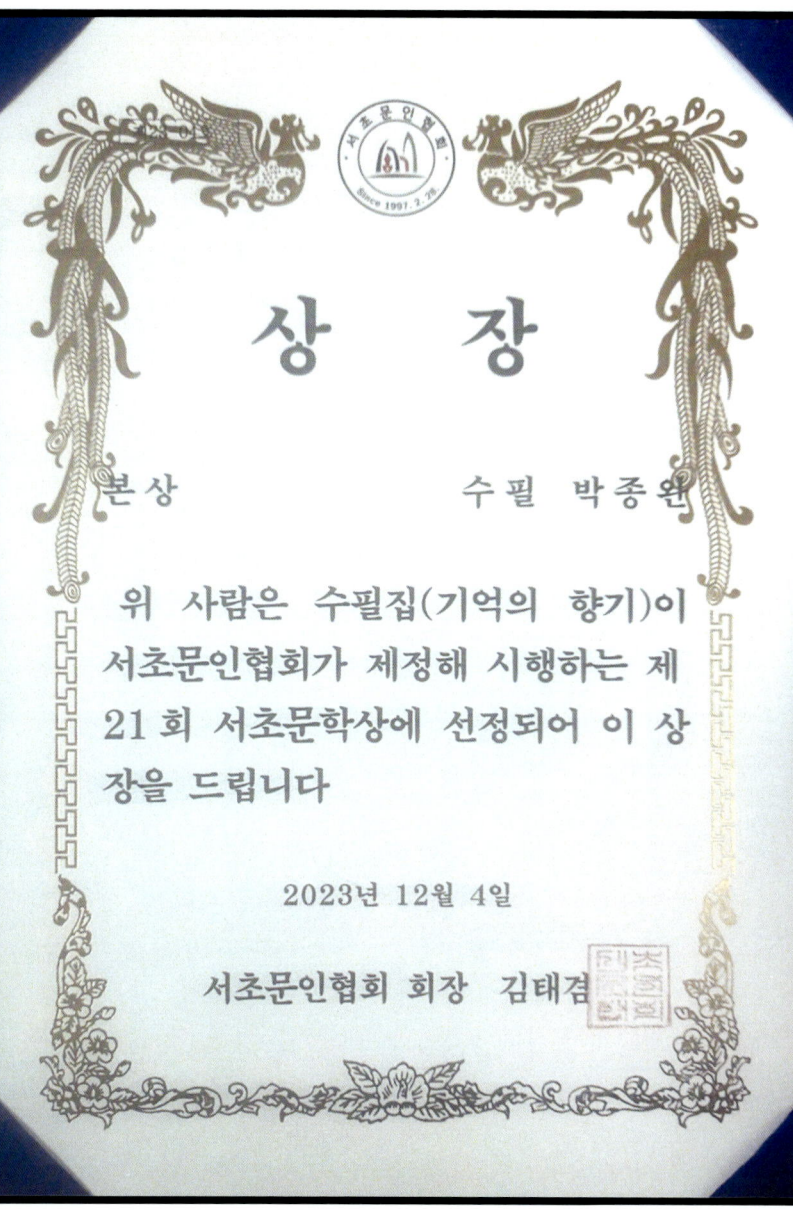

상 장

본 상   수필 박종완

위 사람은 수필집(기억의 향기)이
서초문인협회가 제정해 시행하는 제
21 회 서초문학상에 선정되어 이 상
장을 드립니다

2023년 12월 4일

서초문인협회 회장 김태겸

최우수상

글세 제 095호

박종완

글의세계 2019년 봄호(제 45호)에 실린
귀하의 수필 '첫눈 내리면 생각나는
것들' 이 그 작품성이 매우 뛰어나 2019년도
글의세계 수필부문 최우수작품으로 선정
하고 이 패를 드립니다.

2019년 12월 30일

글의세계 대표 양 대 성

기억의 향기 2

기억의 향기 2

2025년 4월 4일 제 1판 인쇄 발행

지 은 이 | 박종완
펴 낸 이 | 박종래
펴 낸 곳 | 도서출판 명성서림

등록번호 | 301-2014-013
주　　소 | 04552 서울시 중구 필동로6(2,3층)
대표전화 | 02)2277-2800
팩　　스 | 02)2277-8945
이 메 일 | msprint8944@naver.com

값 15,000원
ISBN 979-11-94200-82-6

기억의 향기 2

박종완 수필집

도서출판 명성서림

머리말

글을 짓고 글을 쓰기 위해 노력하는 것은 큰 기쁨이다.

나는 글 밭에 10년 가까이 글 농사를 지었다.

계간지 '글의 세계'에서 회원으로 꾸준히 활동하여 수필가로 등단하였다.

그 후에 '기억의 향기'란 수필집을 발행하였다.

이제는 수필집 제2권을 발행하고자 그간 써왔던 수필들을 정리하고 있다.

제1권 '기억의 향기'는 내가 어렸을 적의 기억을 중심으로 정리하였고 시골의 고향집을 중심으로 글을 썼기 때문에 그 내용이 단순하였다고 생각되기에 무언가 글감이 다르고 내용이 풍성한 수필집을 써 보고자 하는 일념으로 제2권을 발행하고자 한다.

이 책이 나오기까지 격려와 사랑으로 이끌어 주신 하나님께 영광을 돌립니다.

한국문학협회와 산하단체의 활동으로 분망하신 중에도 흔쾌히 추천사를 써주신 박종래 이사장님께 진심으로 감사를 드립니다.

2025년 초봄에
방배동에서 박종완 올림

추천사

기억의 향기2에 젖은 감성의 향

　박종완 수필가께서 주옥같은 수필집《기억의 향기2》를 상재한다.
　2023년에 펴시더니 2년만인 2025乙巳年 동일한 메타의 필치로 엮었다. 푸른 뱀의 상서로운 정기를 받아 펜촉 같은 푸른 촉이 온 산야에 쑥쑥 틔워 내는 새 봄날이라 그 기운이 싱그럽다.

　그동안 가슴 서랍에 쌓아 둔 짤막한 기억의 편린들을 혼자만이 간직하지 않고 내놓았다. 수필 옥고 67편이다.
　엮었던 옥고가 다양해《기억의 향기》에 이어 유사한 진솔한 내면의 세계로 독자들을 모셔 와 속닥인다. 한편으로는 격조 있는 명언들을 앞세워 화제를 모은다. 기승전결起承轉結의 필법이다. 논리정연하게 정리해 독자로 하여금 공감대 형성이 되고, 인생사 많은 덕목이 수록되어 있다.
　맛깔스럽게 꾸미는 픽션의 소설과 다르다. 수필은 논픽션이라는 사실적 바탕으로 한 글발이기에 가슴에 와닿아 심도 있게 들여다보게 된다.

　박종완 작가님은 명문고에서 사고를 키우고 공부도 열심히 앞장섰기에 명문대를 거치게 된다. 이어 각 기업체에서 스카우트 되어 우수한 기업체에서 정년 퇴임했다.

독실한 기독교 신앙을 바탕으로 노후에는 간직하고 키워 낸 사고력을 발휘한다. 글을 미사여구로 꾸미려는 분들이 더러 있어 허구로 변질 되는 경우도 있다. 그러나 박종완 작가는 많은 지인이나 독자와 공감대 형성이 되기 위해 순정한 마음 그대로의 민낯을 내놓는다.

요즈음 정치권이나 사회 현상은 다툼과 생존 경쟁으로 정서의 마음들이 줄어든다. 하여 참신한 작가들은 좋은 글을 발표해 사회 정화를 시켜 힐링해 주는 글들이 필요한 시대이다. 박종완 작가는 온 세상이 더 많은 것, 더 좋은 것을 차지하기 위해 치열한 경쟁을 하고 있어도 민들레 홀씨 마음이라면 진정 해방감을 준다고 설한다. 소유를 줄이고 양보하면 심신이 안정을 찾게 되는 원리를 설파하는 것이다.

이렇게 성애가 끼지 않도록 마음의 거울을 닦으며 힐링 효과가 있는 글발의 표현의 시기임을 은근히 알린다. 변함없이 더 신선한 글을 많이 발표하시길 당부하며 추천의 글을 접는다.

박종완 작가의 건안건필을 기원합니다.

2025년 새봄에
시인 문학평론가 박 종 래

차례

2부 · 우정, 그 향기로운 빛

차례

3부 · 첫눈 내리면 생각나는 것들

4부 · 다우다의 불빛

차례

기행문

신앙

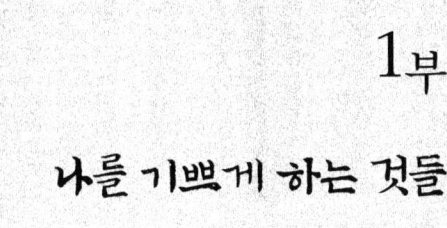

1부

나를 기쁘게 하는 것들

나를 기쁘게 하는 것들

나는 고등학교 시절 국어 교과서에 실렸던 독일인 수필가 안톤 슈낙 (Anton Schnak 1892~1973)의 수필 '우리를 슬프게 하는 것들'에 대하여 오래된 지금까지도 나의 기억에 좋은 글로 살아 있다. 서정과 낭만으로 가득 찬 섬세한 시선과 감각이 돋보이는 그는 세계 문학사에 대서특필할 만한 대 작가는 아닐지라도 그의 수필은 음영 짙은 인상으로 나만이 아니라 우리 모두에게 깊은 감동으로 각인되어 있다.

그러기에 고교시절에 어떤 친구는 그의 수필에 영향을 받아 "슬픈 群想"이란 제목의 수필을 썼던 기억이 있다.

나는 처음 그의 수필을 읽으면서 수필가 자신을 슬프게 하는 것들인데 왜 우리를 슬프게 하는 것들이라고 했는가? 하는 의문과 함께 슬프게 하는 것보다는 기쁘게 하는 것들을 그의 섬세한 문체로 표현하였으면 좋았을 텐데 하고 아쉽게 생각하였던 그때의 기억을 가지고 '나를 기쁘게 하는 것들'이라는 제목으로 글을 써 본다.

봄날 토요일 아침의 맑은 햇살은 나를 기쁘게 한다. 아침의 밝고 맑은 햇살은 나에게 기쁨의 하루를 예고한다. 강산에서 겨울의 매섭던 추위가 물러가고 기다림 끝에 서서히 찾아온 따스한 봄날, 그리고 생활의 전선에서 바빴던 주중의 일상을 잊고 여유롭게 늦잠을 자고 일어난 후의 맑은 날에 밝고 따뜻한 햇살이니 그 얼마나 나를 기쁘게 하였는지!

　횡단보도에서 보행 신호를 기다리는데 옆에 있는 중년 부인이 업고 있는 돌배기 쯤 되는 어린애기가 나를 보고 배시시 웃고 있던 크고 까만 눈동자는 나를 기쁘게 하였고 생명의 귀중함과 어린이에 대한 사랑을 가슴속 깊이 느끼게 한다. 그 애기가 남아인지 여아인지 또는 얼굴이 예쁜지 어떤지와 관계없이 크고 맑던 까만 눈동자는 그 후도 선명히 기억되어 나를 기쁘게 한다.

　바쁜 월요일 출근 시에 사무실 도착이 늦을듯하여 내리막 계단을 뛰어 내려서 플랫 홈에 도착하였는데 마침 그 즉시 역에 다가오는 지하철은 나를 기쁘게 한다. 자주 이용하는 지하철, 몇 분을 기다리기도 하고 적시에 도착하기도 하는데 바쁜 그 시간에 나를 위하여 기다렸다는 듯이 다가오는 지하철이 그 날에는 왜인지 더 깨끗하고 안전하게 보였던 기억은 여전히 지하철의 시스템이 거의 완벽하게 운행되고 있는 우리나라에서의 출퇴근이 즐겁게 생각된다.

　정원에 가까운 인원이 엘리베이터를 타서 빨리 문이 닫히기를 바라고 있는 중에 잠깐만요! 하면서 달려오는 고등학생을 보고는 문 가까이 있던 중년 부인이 닫히려던 엘리베이터의 열림 버튼을 누르며 이미 타고서 "빨리 닫아요."하며 볼멘소리를 내고 있는 다른 이용자들의 불만은 아랑곳 하지 않고 달려오는 학생이 탄 후에야 닫힘 버튼을 누르고 운행하게 하였던 그 부인의 아량이 나를 기쁘게 하였다. 순발력이라곤 없어 보였지만 순간적으로 조치를 취한 부인의 두툼했던 엄지손가락을 기억하며 남을 배려하는 한 순간의 여유가 아름답고 소중하구나 하는 생각을 하게한다.

우리 선수가 중요한 운동 경기에서 이겼다는 소식은 또한 언제나 나를 기쁘게 한다. 지금은 우리나라도 스포츠 경기의 강국이 되어 많은 선수들이 해외에서 좋은 활약을 하고 있지만 불과 20~30전만 하여도 해외에서의 주요 경기에서의 활약이 미미 하였다. 그런 중에도 박신자 선수를 중심으로 한 상업은행의 여자 농구 선수들이 세계농구 선수권 대회에서 결승에 올라서 준우승을 하였던 기억과, 박세리 선수가 어렵사리 미국으로 건너가서 여자프로골프리그(LPGA)에서 맨발의 투혼과 연이은 우승으로 그 당시 국제통화기금(IMF)의 관리체계에서 지원을 받으며 지낸 어렵던 시절에 모든 국민들의 마음을 달래 주었던 기억은 지금에 생각하여도 나를 기쁘게 하고 있다.

영화나 T.V 드라마에서 재치 있고 능숙하게 연기하는 조연들은 나를 기쁘게 한다. 주연은 연기력보다는 인물 또는 감독이나 PD의 배려에서 선발되어 시청자들에게 주인공으로서의 역할을 확실히 심어 주는데 미흡한 경우가 있지만 익살맞고 재치 있는 조연들의 연기로 인하여 연화나 드라마가 그런대로 인기를 누렸던 경우가 많다. 얼마 전 우리 민족의 애환을 섬세하게 영화한 '국제시장'이 인기리에 상영되어 우리의 심금을 울렸는데 주연인 황정민, 김윤진 두 사람의 연기도 좋았지만 조연인 오달수의 연기가 작품의 내용과 인기를 상승시켰다고 생각한다.

한약의 경우도 해당 병증에 맞는 주요 약재에 더하여 맛을 쓰게 하거나 달게 하는 약재, 몸을 덥게 하거나 차게 하는 약재를 같이 넣어서 달이도록 하는데 특히 감초는 한약의 필수 불가결한 보조 약재가 아닌가.

따라서 주연 못지않게 조연의 역할이 중요하며 주된 것과 부속적인 것의 조화가 효과를 더해주고 있는 우리의 현실에서 재치 있고 익살스런 조연과 부속적인 것의 의미를 깨닫고 그 가치를 음미하여 본다.

통일이라는 두 글자는 언제 들어도 나를 기쁘게 하고 흥분케 한다. 이 마음은 나뿐이겠는가! 7,500만 우리 겨레 모두의 한결 같은 숙원이요 염원인 것이다

그 밖에 나를 기쁘게 하는 것들이 어디 이것들뿐이겠는가?

기쁨은 마음이 여유로울 때 더 크고 깊게 느껴진다. 기쁨은 우리를 행복하게 하고, 우리에게 감사하는 마음을 갖게 한다. 우리 모두 작은 일에도 기뻐하고 함께 나누며 감사하는 마음으로 오늘을 보내고 내일을 기다리자.

장미꽃

6~7월은 장미의 계절이다. 오가는 길목 주로 개인 주택의 담벼락에 담 밖으로 고개를 내밀고 군락으로 피어있는 빨강, 하얀, 노란색의 아름답고 정열적인 장미꽃을 보면 저절로 발길을 멈추게 하는데 실로 장미꽃은 꽃 중의 꽃이란 생각을 하게 된다.

사실 요즈음이니까 그렇지 내가 어렸을 때에는 꽃 하면 진달래, 개나리와 주로 과일나무에 피는 배, 복숭아, 살구꽃 등을 떠올렸다.

장미꽃은 아름다운 정원을 가꾸던 우리 마을로 낙향한 서울 양반 댁 '서울 집'을 찾아가야 볼 수 있는 예쁘지만 보기 드문 꽃으로 기억하며, 드물고 아름다운 꽃이니 서양문물이 들어올 때에 수입된 서양 꽃이겠거니 생각하였다.

그러나 장미의 원산지는 대부분이 아시아라는 것을 최근에야 알게 되었다. 꽃이 아름답기 때문에 18세기 말에 아시아의 각 원종이 유럽에 도입되어 유럽과 아시아 원종 간에 교배가 이루어져 여러 종류의 꽃 모양은 물론 개화 시기도 다른 생태적으로 많은 품종들이 만들어 졌다. 그리하여 18세기 이전의 장미를 "고대장미" 19세기 이후의 장미를 "현대장미"라고 한다.

장미는 장미과에 속하는 식물이며 장미 속, 아속이 있고 아속에는 모두 150여종이 있는데 이들은 지구 북반구의 열대에서 한대에 이르기 까지 넓게 분포되어 있어 장미의 원산지를 정확하게 말하기는 매우 어렵다고 한다. 우리나라는 '장미 속' 중에 찔레꽃 해당화 등을 포함하여 12종이 분포 되어 있다.

장미꽃은 흰색, 노란색, 붉은색, 오렌지색, 분홍색 등 다양한 색깔이 있다. 줄기에는 강하고 날카로운 가시가 있고 잎은 마주나는데 깃털모양으로 갈라진 겹잎과 약간 넓은 타원형의 잎에는 톱니가 있다. 다육질의 열매는 때때로 먹을 수도 있다지만 그 존재는 잘 모른다.

장미꽃은 실로 아름다운 꽃이다. 곱고 부드러운 수많은 꽃잎이 겹겹이 모여서 여러 크기로 매우 탐스럽고 예쁜 꽃 뭉치가 많은 가지에 붙어 있다. 한 개의 꽃도 아름답지만 여러 줄기 끝까지에 달려 있는 꽃다발이 장미꽃의 진수인 것 같다.

고대 이집트의 미인 클레오파트라의 마음을 얻기 위해 안토니우스는 궁전바닥에 장미를 뿌렸다고 전해지고, 중세 유럽에서는 장미꽃을 그리스도를 상징하는 꽃으로 매우 소중하게 여겼다고 한다. 현재 선물로 하는 꽃 중에 장미꽃이 단연 으뜸이다.

장미꽃이 예쁘고 아름답기에 장미를 국화로 하는 루마니아, 룩셈부르크, 불가리아, 사우디아라비아, 이란, 이락, 영국(잉글랜드)등 여러 나라가 있는데 특히 불가리아는 장미의 나라라고 할 정도로 장미가 유명하다.

꽃 중의 꽃이라고 하는 장미꽃은 도도하고 거만하여 사람을 똑바로 쳐다보지 않으며 줄기에는 날카로운 가시가 있다. 꽃이 질 때는 많은 꽃잎을 하나씩 떨어뜨리며 오랜 기간을 꽃으로 남아 있다. 많은 꽃잎이 떨어져도 꽃은 그다지 추하게 보이지 않는다. 새삼 느끼지만 장미는 꽃이 떨어지거나 지는 모습을 보이지 않는 품위가 있는 꽃인 것 같다. 전성기 때에 아름다운 꽃일지라도 시들은 꽃 자체가 떨어지는 개나리, 진달래, 무궁화꽃 등은 낙엽과 다를 바 없지만 장미꽃은 그런 모양을 보이지 않는다.

그 가시는 예리하고 단단하여 울타리나 담벼락에 거추장스럽게 뻗어 있는 줄기를 낫이나 톱으로 베어 버리고자 하면 때로는 베는 자를 찔러서 상처를 보게 하는 나무다. 장미꽃하면 흔히는 체코 출신 독일의 시인 릴케(Rainer Maria Rilke 1875~1926)를 연상케 된다. 장미꽃을 좋아해서 장미를 기르며 시를 많이 지었던 그는 집을 방문한 이집트의 여인 (니메 엘르이)에게 장미꽃을 주기위하여 황급히 꺾다가 가시에 찔리면서 파상풍균에 감염되어서 결국은 패혈증으로 죽었다는데, 장미꽃에 찔려 죽었다고 전해지는 유명한 시인으로 인하여 장미는 아름다우나 가시가 있다고 하는 장미꽃의 오만을 경계하는 내용이 담긴 아름다운 꽃이다.

어린 시절을 시골에서 자랐기 때문인지 좋은 것은 서양 것이고, 서양 것은 무조건 좋은 것이라고 생각하는 습성이 있었다. 그래서 미국인이나 서양 사람을 보면 주눅이 들고 호기심이 생겼다. 서양 사람뿐이 아니라 부잣집 사람을 보거나 피부색이 희고 깨끗하게 보이는 사람에게는 일단 기가 죽는 소심하고 용기 없는 성격이다. 그후에 서울에서 공부하고 살면서 나이가 들고 세월이 지나다 보니 내가 동경하고 좋게만 보였던 서양도, 이제는 우리의 동양에 비하여 그리 대단한 세상도 아니요, 서양인이나 희고 말쑥한 사람도 알고 보니 대단한 존재는 아니라는 느낌을 가지게 되었다. 이것은 아마도 나의 교만이 슬며시 고개를 들었기 때문이 아닌가 생각 된다.

장미꽃을 주제로 한 글을 쓰고자 하니 장미꽃을 다시 생각하게 되었고, 오가는 길에 넝쿨 장미가 많이 피어있는 집 앞을 자주 지나며 장미꽃을 관찰하였다. 어느 날인가 이른 아침 어른 키를 훌쩍 넘는 높은 초등학교의 담벼락에 아름답게 피어있는 장미꽃을 보며 길을 가는데, 소복하게 떨어져 빨간 색과 흰색이 조화를 이룬 부드럽고 가냘픈 꽃잎이 만든 꽃길을 걸으며 나는 절로 김소월의 시 진달래꽃을 연상하였다. 장미꽃의 꽃잎이 얼마나 많기에 이토록 고운 꽃길을 만들까 생각하며 꽃 몇 송이를 따서 한 개의 꽃에 몇 개의 꽃잎이 달려 있는지를 세어 보니 한 개의 꽃에 6~9겹, 한 겹에 5개의 꽃잎, 말단 줄기에 너 댓개 꽃, 한 개의 나무에 스무 개 정도의 줄기 이것을 계산하여 보니 한 개의 나무에 약 2,000개의 꽃잎이 달려 있는 셈이다. 30미터 길이의 담벼락 약60여개의 나무에서 대략 12만개의 꽃잎이 떨어지면 몇 일간은 이 길을 장미꽃 잎으로 꽃길을 만들겠구나! 과일과 같이 꽃잎도 새벽에 많이 떨어지니 아침 일찍 이곳을 찾아 꽃눈을 맞으며 붉고 흰 꽃길을 걸어보자고 이른 아침에 수선도 떨어 보았다.

장미꽃은 꽃 모양새나 빛깔이 아름답고, 꽃송이 채로 떨어져 추한 꼴을 보이지 않는 품위 있는 꽃이지만, 날카로운 가시가 있고 소담하고 예쁜 꽃에 비하여 그 열매는 보잘 것 없어서 사람들은 열매가 있는지도 모른다. 작은 꽃에 크고 맛있는 열매를 맺는 사과, 배 복숭아를 보라! 천지 만물은 나름의 사명을 가지고 이 세상에 생명체로 존재하는 것이 아니겠는가.
장미꽃은 아름답지만 줄기엔 가시가 있고 열매는 보잘것없다고 생각하며 오묘한 창조의 섭리에 머리를 숙이게 된다.

반 성

　모름지기 세상을 바르게 살자면 성현의 말씀을 끌어들이지 않더라도 반성 만큼 중요한 일이 없다. 반성은 자신의 말이나 행동에 대하여 잘못이나 부족함이 없었는지를 지나온 시간들을 돌이켜 보며 잘못과 부족함이 있으면 이를 깨달아 잘못은 고치고 부족한 것은 보충하여 바르게 살아 보려는 이성적인 노력이다. 반성은 또한 독선과 아집, 집착과 욕망의 일상에서 상처를 주고받은 모든 이들을 치유할 수 있는 아름다운 고백이다.

　반성은 종교나 철학에서의 회개나 참회와 함께 부단히 접근하며 유혹하는 욕망의 소용돌이에 빠지지 않게 하거나 그 덫에 걸렸을 지라도 헤쳐 나올 수 있도록 하고 다시는 되풀이 하지 않도록 기회와 능력을 주는 오직 인간에게만 주어진 혜택이다. 그러나 귀를 솔깃하게 하는 집요한 유혹과, 부단히 일어나는 탐욕이 결합되면 그것은 반성하고 회개할 겨를이 없이 선량한 인간을 무자비하게 무너뜨리는 속성이 있기 때문에 삶이 무기력하게 망가져 만신창이가 된 후에야 깨닫고 자책하게 되는 사후 약방문격인 아쉬운 혜택이다.

　나는 마음이 여리고 주도면밀하지 못하여 남의 말에 쉽게 동의하고 그 사람의 입장을 이해하고 측은하게 여기는 심성을 가진 사람으로 나를 이용하여 그의 이익을 도모하거나 자기의 계획을 실현하고자 하는 불순한 야심을 가진 자의 좋은 표적이 되었다. 그래서 그런지 두 차례나 그들의 덫에 걸려서 많은 피해를 보게 되었다. 한번에서도 큰 피해를 보는데 두 번이나 걸려 넘어졌으니 그 피해는 대단하였다. 가족과 떨어져 혼자서 해외의 3개국에서 5년여를 열심히 근무하며 노력한 결과 학교 시절에 몇 친구들 간에 만들어 보고자 소망했던 금액을 다른 친구들 보다 일찍 달성하였지만 귀국하여 살아가는 동안 두 차례의 덫에 걸려서 대부분을 날려 버렸다. 이로 인하여 가장 피해를 본 것은 가족들이었고 그 다음으로는 기대를 하면서 공부를 뒷바라지 하셨던 부모님들 이었다. 가족은 많은 경제적인 타격을 받고, 부모님들은 깊은 심적인 타격을 받게 되었다.

나를 표적으로 집요하게 설득하고 유혹했던 사람들을 분석하여 보면 나와 학연이나 사회적 인연으로 잘 알고 지낸 사람들 이었다. 그 들은 특유의 언변과 계략으로 쉽게 이익을 보고자 나를 비롯한 몇 사람을 이용하여 상당한 이익을 보고 쾌재를 불렀었지만 시간이 지난 지금은 모두 경제적으로 파산하여 고통스런 삶을 살고 있음을 본다. 두 차례의 피해를 당하면서 그래도 건강을 유지할 수 있었던 것만도 다행이라고 스스로 위로하면서 지내온 나는 지금은 안정을 찾고 그들에 대한 미움과 원망도 잊고서 살고 있다. 하지만 언제나 가족들에게는 면목이 없어 경제적인 피해 복구를 위하여 노력하면 그래도 어느 정도는 보상을 받을 수 있겠지 희망을 가지고 살아가고 있으나, 자식에 대한 애처로움으로 한을 간직한 채 돌아가신 부모님들을 생각하면 돌이킬 수 없는 후회와 아픔을 느끼곤 한다. '불효자는 웁니다, 용서를 비~나이다' 등의 노래를 들으면 돌아서서 눈물을 흘린 일도 여러 번 있었다.

사실 개발과 성장의 시대를 살아온 우리 세대는 금융기관이나 보증기관이 연대보증이라는 나쁜 제도를 활용하여 성장한 이면에 보증으로 인한 억울한 피해를 많은 사람이 겪었고 또한 손쉽게 돈을 벌어 보려는 악덕한 사람들로 인하여 열심히 살아 보려는 적지 않은 사람이 피해를 보고 피 눈물을 흘렸다.

사실 그 당시는 직장에 입사할 경우에는 재정보증을 요구하는 경우도 있었고, 금융기관에서 사업이나 장사를 위해서 또는 집을 장만하기 위해서 융자를 받을 경우에는 대부분 연대보증을 요구하여 그들은 안정적으로 돈을 굴려서 많은 이익을 보았던 잘못된 제도로 인하여, 친척이나 친구들의 요구를 거절하지 못하고 연대보증을 해 준 열심히 살아가던 선량한 사람들이 많은 피해를 보게 되었다. 지금은 많이 수정하고 보완되어 억울한 피해는 많이 사라졌지만 나도 역시 보증으로 인한 피해를 감수하고 해결해야만 했던 피해자였다.

그러나 피해를 당한 사람들에게도 문제는 많다. 부질없는 욕심 때문에 악덕한 사람들의 감언이설에 솔깃하여 진위를 확인하거나 조사를 해보지도 않고 쉽게 동조하여 결국은 피해를 본 경우가 많기 때문이다. 자기를 지키지 못한 잘못이 큰데 누구를 탓하며, 제도에 문제 있었다고 그 시절을 원망할 수가 있겠는가? 모두가 내 잘못이고 자기 잘못인 것이다.

나는 왜 반성과 회개라는 것을 모르고 살아왔을까? 내가 잘못하여 입은 피해며 당한 손실인데 그 잘못을 되돌아보고 '모든 것은 내 잘못이니 다시는 그런 잘못을 해서는 안 된다.' 하고 반성하였다면 두 번이나 피해를 당하지 않았을 터인데, '한번 실수는 병가지상사다.'라는 말이 있듯이 한 번의 실수나 실패는 좋은 경험이 되었다고 생각하며 마음을 다스릴 수 있지만, 두 번의 실패는 어떤 변명과 설명이 용납되겠는가? 이것은 고스란히 내 잘못이다. 이것을 깨닫게 된 것은 믿음을 갖게 된 이후부터다. 이제는 작은 잘못도 깨닫고 회개하게 되니 감히 다시 되풀이 하지 않게 된다. 물론 나이가 들고 쓰라린 경험을 겪었기 때문이기도 하지만 믿음은 무엇보다도 잘못을 즉시 깨닫게 하는 어떤 힘이 있는 것 같다.

제2의 천성이라고 불리는 습관은 타고난 성격이나 성품 못지않게 우리의 삶을 지배한다. 나는 아직도 고치지 못하고 버리지 못하는 나쁜 습관이 있는데 그것은 약속 시간에 자주 늦는 것이다. 약속 장소까지 가는데 소요되는 시간 을 잘못 계산하거나 공연히 꾸물거리다가 시간이 임박하여 황급히 서둘러 겨우 약속시간에 맞게 도착하거나 아니면 5~10분 늦게 도착하는 경우가 있는데 이 습관을 지금까지도 고치지 못하고 있다. 늦게 도착하게 되면 상대에게 죄 지은 사람같이 미안해하며 일단 저 자세가 된다. 그렇게 되면 만남에서 상대의 요청에 단호히 거절할 수 없거나 나의 요구를 당당히 말하거나 관철시킬 수 없게 되는 경우가 있어서 중요한 만남에서는 손해를 보거나, 일반적인 약속에서도 신뢰를 잃게 된다. 개발과 성장 시절의 중요한 인물이었던 김우중 전 회장은 어떤 약속이든 약속장소에 최소한 5분전에 도착하는 것을 철칙으로 생각하며 지켰다고 한다. 약속시간을 지키는 것은 상대에 대한 예의이며 기본적인 도리다. 지금부터라도 약속 시간만은 꼭 지키겠다고 다짐한다.

부질없는 탐욕으로 인하여 금전적인 피해를 많이 보게 되어 가족과 부모님들에게 면목 없는 사람이 되고, 결단력의 부족으로 약속 시간을 늦은 경우가 있음으로 손해를 볼 수 있음을 절실히 느낀 사람이다. 반성하고 회개를 해야 하는데 이런 일을 혼자서 감당하지 못할 것 같아서 글을 쓰면서 다짐하며 독자들께 감시자가 되어 줄 것을 바라는 심정으로 이 글을 쓴다. 잘못은 반드시 반성하고 철저

히 회개하여 되풀이 하지 않아야 하는 것은 나는 물론이지만 우리
모두에게 주어진 큰 과업이라고 생각한다.

낙엽에 대한 단상

봄철에는 온갖 색상의 꽃을 연상하듯이 가을이 오면 산야를 물들이는 단풍을 생각하게 된다. 꽃과 단풍은 삶의 애환에 울고 웃는 많은 사람들이 잠시라도 발길을 멈추고 바라보며 잠시라도 고뇌를 잊게 하는 관심의 대상으로 우리에게 주어진 은총이며 혜택이다.

봄철에 아름다운 꽃들이 사라지면서 초여름부터 찾아오는 신록의 무성함은 우리에게 시원한 그늘을 제공하고 대도시의 차량 소음과 매연을 다스리며 의연히 그 존재를 드러낸다. 그런가 하면 어느새 시원한 바람이 불면서 푸르름의 기운은 서서히 사라지고 울긋불긋 고운 빛깔로 변하여 존재하다가 소슬히 불어오는 시원한 바람에 한잎 두잎 떨어지기 시작한다. 어김없이 찾아오는 가을 단풍이요 낙엽이다. 이러한 가을 낙엽은 각종의 나무를 가꾸는 도시의 주택이나 아파트 단지들 그리고 큰길의 가로수를 돌보는 사람들에게는 그것의 처리에 대하여 고심하며 나름의 준비를 해야 한다.

시골 산과 들의 낙엽은 적당한 곳에 떨어진 후에 말라서 가랑잎이 되거나 바람에 날려서 이리저리 굴러다니다가 썩어서 자연으로 돌아간다. 떨어져 굴러다니거나 모여서 쌓이거나 자연의 일부요 썩으면 남아 있는 생명체의 자양분이 되기에 결코 쓸거나 치워야할 대상은 아니다. 반면에 도시에서의 낙엽은 쓸어서 나무주변에 모아두거나 또는 적당한 방법으로 보관한 후에 수집차량에 실어 보내야하는 담배꽁초나 폐 종이류와 같이 치워야할 일종의 잡쓰레기다. 보통 10월 중순부터 11월 하순까지 지속적으로 떨어지는 낙엽은 농촌이 아닌 도시에서는 이것을 처리하는 것이 매우 힘들고 어려운 일이다.

낙엽은 가로수로 많이 심겨진 플라타너스 및 오동나무 감나무 잎과 같이 큰 것이 있고, 도시에서도 흔히 볼 수 있는 벚나무나 은행나무 잎, 작지만 다닥다닥 많이 달린 느티나무 잎이 가을 낙엽의 대표적인 것이다. 특히 느티나무 잎은 아침저녁으로 아파트나 집주변의 길이나 바닥을 연노랑 색으로 온통 뒤 덮어서 모른 체 하고 방치할 수 없는 귀찮은 존재다. 시간이 지나서 자연스레 떨어지는 낙엽의 경우는 대나무 빗자루로 쓸면 잘 쓸어 진다. 하지만 떨어질 때가 아닌데 거친 바람으로 인하여 떨어진 낙엽은 아직 마르지 않고 엽록소가 남아 있어서인지 땅에 쩍 달라붙어서 빗자루로 모질게 쓸어야만 하고 때로는 손으로 떼어야만 치울 수 있는 것이 있다.

이런 낙엽을 볼 때면 마치 생을 연장하기에 악을 쓰는 생명체를 보는 것 같아서 순간적으로 손으로 떼어내면서까지 모질게 쓸고 치우기를 멈춘 경우도 있다.

무덥던 여름에 쉴만한 그늘과 깨끗한 공기를 선물로 주던 고마운 것들인데 시간이 지나 거리의 낙엽으로 어지럽게 떨어져서 치워야 할 쓰레기가 되었다고 하여 귀찮게 취급을 해야만 하는가? 반면 힘들다고 낙엽 치우기를 외면해 버린다면 무거운 차바퀴에 깔려서 앙상한 잎줄기만 남거나 수많은 사람들의 발자국에 밟혀서 만신창이가 될 것이란 생각도 든다. 기왕에 쓸 바엔 봄여름동안 푸른 잎이나 그늘로 제 할일을 감당했던 고마운 낙엽을 잘 쓸어 담아서 길에서 짓이겨지지 않도록 한 잎도 남김없이 처리해야겠다고 생각도 했다.

모든 생명체는 나름의 삶을 유지하며 이 세상에 존재하다가 때가 되면 삶의 끈에서 떨어져 나간다. 살아가는 동안에 삶을 유지하기 위한 수단으로 몸통은 필요한 지체를 만들어 내고 유지하다가 버리게 된다. 동물들은 털이 대표적이라 할 수 있다. 나무들은 꽃이나 이파리를 유지하다가 필요할 때 이것들을 떨군다. 일부 식물들은 잎이나 줄기를 유지하다가 때가 되면 뿌리만 남겨서 연명하고 잎이나 줄기를 버리기도 한다.

이렇게 부득불 버리게 되어 떨어져 나간 지체도 일정한 시간과 과정을 거쳐서 생명의 끈을 놓아가는 것이 아닌가 생각된다.

땅속에서 캐낸 고구마와 감자는 일정한 기간이 지나야 더욱 맛이 나고 나무에 달린 과일도 나무에서 따거나 떨어진 후 일정한 시간이 지나야 제 맛이 있다고 한다. 사람들은 이것을 숙성기간이라고 말하는데 과일을 먹거리로 즐기는 인간들의 말이며 사실은 떨어져 나온 지체인 생명체들이 삶을 완전히 내려놓는 일종의 과도기가 아닐까?

싱그럽던 여름철의 무성함을 잃어버리고 형형색색으로 변하여 나무에 붙어 있는 나뭇잎. 가을의 진객이 어찌 단풍과 낙엽뿐이겠는가! 가을은 또한 결실의 계절로 황금물결의 들판, 아름드리 익어가는 밤 사과 감 등 각종의 과실, 국화 코스모스 등의 가을꽃들, 높고 푸른 하늘은 실로 우리를 즐겁게 하는 가을의 정취다. 그런가 하면 늦가을 서늘한 바람에 우수수 떨어지는 낙엽을 생각하며 고독과 우울함을 느끼게도 된다.

가을은 좋은 계절이라서 가을에 가지게 되는 여러 상념들과 우리를 즐겁게 하는 정취들이 많지만 그래도 가을을 가을답게 하는 것은 역시 낙엽이 아닌가! 낙엽은 타는 냄새도 좋아서 갓 볶아 낸 커피 냄새에 비유한 이효석의 수필을 생각하며 낙엽이 사라지고 가을이 가기 전에 고운 낙엽 몇 개라도 주워서 책갈피에 잘 보관하며 의미 있는 계절을 보내고 싶다.

방향

우리는 방향하면 대체로 동서남북을 생각한다. 지리적인 위치를 염두에 둘 경우에는 동서남북이 방향의 확실한 기준이 된다. 그러나 방향은 우리가 나아가야할 길이나 또는 추구해야할 목표인 경우도 있는 의미 있는 표현이요 단어다.

아버지와 아들이 길을 가다가 길을 잃었다. 예상보다 시간이 길어지자 아들이 걱정되어 재촉합니다. 이러다가 해가 지기 전에 못 갈지도 몰라요. 조금 더 빨리 걸어야 하는 것 아니에요? 아들이 불안한 모습으로 아버지를 쳐다봅니다. "지금 우리는 빨리가는 것이 아니라 제대로 가고 있는가가 더 중요하단다." 아버지는 나침반을 꺼내어 태양의 위치를 확인하고 방향을 정했습니다. "저쪽으로 가자" 얼마 지나지 않아서 아버지와 아들은 목적지에 도착하였다. 아버지는 아들에게 "길을 잃어도 방향을 찾을 수 있으면 걱정할 것이 없단다."라면서 애정 어린 충고를 하였다.

나는 이십여 년 전에 충북 수안보 큰 콘도에 협력회사 가족 단합대회 초청을 받아서 아내와 같이 다녀온 적이 있었다. 그리 멀지 않은 곳이라서 오후 늦게 승용차로 출발하였다. 그런데 교통 혼잡이 있어서 예상보다 늦어져 해가지고 어두워 질 무렵에야 가까이 왔다. 그런데 길을 잘못 들어서 산허리를 헤매고 되었다. 그러나 수안보는 몇 번을 가본 곳이라 방향을 알고 있었기 때문에 침착하게 길을 찾아서 무사히 도착한 경험이 있다. 어두운 길에서 걱정하고 고

생한 경험이 있어서 지금도 기억이 새롭다.

우리는 자녀들에게 공부를 열심히 하라고 가르친다. 모든 일을 열심히 해야 한다고 하면 그래도 깊이가 있고 신념이 있는 말이다. 그러나 부모가 조언하고 잔소리하는 경우는 대개가 자녀들이 공부하는 미성년 일 때이고 그때는 공부가 중요한 시절이라서 주로 공부를 가지고 타이르고 잔소리를 한다.

그러나 남들보다 열심히 한다고 해서 반드시 앞서가는 것도 아니다. 수험생들은 새벽까지 파김치가 되도록 열심히 하지만 모두가 합격하지는 못한다. 진학에 성공하더라도 적성에 맞지 않아서 다시 공부하는 경우도 많고 좋은 직장에 들어가도 적응하지 못하여 다른 직업을 찾기도 한다. 앞서 간다고 꼭 행복한 것이 아니다. 이러한 일들은 우리가 적합한 방향을 찾지 못해서 일어나는 일이다.

기업 경영에서도 잘되고 있는 기업을 쉽게 모방하고 따라가다가 결국에는 감당하지 못하여 도산에 이르는 사례를 종종 보게 된다. 국내의 어떤 중견 기업이 사카린 전자 반도체 등에서 삼성을 추격해보려고 노력하다가 최근 자금난에 봉착하고 있는데 이 사례도 기업 자체가 추구하는 확실한 방향 즉 목표가 없기 때문인 경우라고 본다.

중요한 것은 시간이 빠르고 늦음이 아니라 올바른 방향이다.

빨리 달리는 것보다 미래에 대한 확신을 얻는 것이 더욱 중요하다. 멈춰있더라도 올바른 방향을 설정하는 순간 다시 일어나서 나아가는 것은 어렵지 않다.

뒤쳐져 있다고 조급해 할 필요도 달려야 할 필요도 없다. 여유를 가지고 올바른 방향을 찾는데 최선을 다하는 것이 중요함을 명심하자.

문풍지

나이가 들면 추억을 먹고 산다고 한다. 과거에 대한 회상을 하며 즐겁던 일들을 생각하면 절로 기분이 좋아지고 혼자 미소를 짓는 경우가 종종 있다.

가끔씩 떠올리는 좋은 추억은 고향에서의 어린 시절의 일들이다. 그때의 추억들 중에서 추운 겨울바람에 애타게 울어대던 문풍지 소리를 잊을 수 없다.

나의 고향은 충청도 중에서도 남부 지역으로 해안과 그리 멀지 않은 농촌 마을이다.

논과 밭이 넓게 펼쳐져있어서 먹을거리가 풍성했고, 겨울철을 제외하고는 늘 바쁘고 사계절이 뚜렷하며 아름다웠다.

여름철엔 장맛비가 많이 내려서 무더웠고 겨울엔 눈이 자주 많이 내리고 매서운 찬바람이 몰아치던 날이 많았다.

이런 기후에 적응하기 위하여 집은 목재로 골격을 하고는 벽과 지붕은 대나무와 새끼줄로 엮고 흙을 두텁게 바른다. 지붕은 볏짚으로 엮거나 땋아서 덮는데 2년에 한번추수 후에 새것으로 지붕 갈이를 한다.

방은 온돌방이라 아궁이에 불을 땔 때에 불길이 지나는 골을 만들고 방바닥은 두툼한 크기의 돌판을 깔아서 덮고는 흙으로 마감한다.

이런 구조라서 여름은 시원하고 겨울엔 모진 추위와 바람에도 외풍이 적고 방바닥은 비교적 따뜻한 온기가 유지된다.

방은 보통은 마당에서 1.5m 정도 높게 있어서 더울 때의 열기나 추울 때의 냉기를 최대한 차단한다. 방에 들어가려면 토방과 마루를 통하여 문을 열고 갔다.

집의 안팎을 연결하는 유일한 출구는 문이다. 문은 목재로 만든 문틀에 문짝을 연결하여 여닫게 되어 있다.

문은 안방과 건너 방에 안팎을 드나드는 용도로 한 개씩 있고 환기 등을 위하여 작은 문이 방의 뒤편에 있었다.

문짝은 문살이 가로와 세로에 여러 개가 있는데 세로의 문살은 비슷한 간격으로 되어 있으나, 가로의 경우는 3군데에는 보통 5개의 문살이 촘촘히 모여 있고 다른 곳은 성글게 박혀 있다. 문살이 있어서 문틀을 유지하는 힘이 되고 문틀과 같이 창호지 바를 지주가 되어 준다.

또한 앉아서 밖을 보기 편한 위치의 문살이 성근 곳에 유리를 붙이고는 창호지로 문을 바르는데 이것은 방문을 여닫지 않아도 방안에서 밖에 눈이 오는지 쌓였는지, 바람이 어느 정도 세찬지를 가늠하는 렌즈 역할을 해줬다.

보통은 가을 추수가 끝날 무렵에 낡은 창호지를 뜯어내고 다시 바른다. 이때에 문과 문틀사이에 있는 틈을 막기 위해 약 3cm 정도 폭인 창호지를 문 가장자리의 사면에 붙이는데 이것이 바로 문풍지다.

찬바람이 많이 불어대는 겨울에는 문틀과 문짝사이에 틈이 있어서 찬바람이 많이 들어오기 때문에 이 문풍지는 찬바람을 막기 위한 목적으로 쓰여 지는 앙증맞은 부착물이다.

가을걷이를 마치고는 늦은 봄에 뜯어냈던 문풍지를 다시 바르는데 이것은 겨울 내내 그 쓰임새가 중요하기 때문에 주로 경험이 많으신 부모님들의 몫이다.

도회지의 집은 주변에 건물이나 집이 있어서 거센 바람을 어느 정도 막아 준다. 반면 대개의 시골집은 이웃집들이 띄엄띄엄 떨어져 있어서 나무나 언덕 정도가 약간의 바람막이를 할 수 있을 뿐이다.

한해의 농사가 끝난 황량한 넓은 벌판을 통하여 치닫는 거센 겨울바람이 휘몰아칠 때에는 집 주변의 담장과 문풍지이외는 그 위세를 차단할 방법이 없다.

긴긴 겨울밤에 저녁밥을 짓기 위해 지폈던 장작불로 달구어진 구들의 온기가 사그라지고 시린 바람이 계속 불어 대면, 윗목에 떠다 놓은 숭늉대접에 살얼음이 끼고 이불 위를 떠다니는 웃풍에 얼굴은 늘 이불아래 묻어야만 했다.

행여 잠을 설치게 되는 날엔 그 긴 겨울밤에 밤새껏 울어 대던 문풍지 소리는 두렵기까지 하였다.

나는 아들이라는 혜택으로 부모님들과 같이 안방에서 비교적 따뜻한 잠을 잤다. 하지만 윗방에서 지낸 두 누님은 시린 바람과 사나운 문풍지 소리를 어떻게 견뎠을까 생각하니 늘 미안한 마음이 든다.

팔순을 바라보는 누님들이 건강히 잘 지내고 계시니 새삼 고맙다.

가을 추수를 끝내면 지붕이나 담장은 타작하고 모아둔 볏짚 새 옷으로 갈아입히고, 문짝은 창호지를 다시 바르는데 왜 문풍지까지 붙여야만 했을까?

문풍지는 문틀과 문이 꽉 들어맞지 않기 때문에 반드시 덧붙여야 하는 필수적인 겨울 채비인 것을 철들고서야 알았다. 이는 문과 문틀을 만들 때 꼭 맞도록 한 것이 아니라 얼마간의 틈을 두었기 때문이다.

그것은 목수들의 실력이 부족해서가 아닐 것이다.

문은 안과 밖을 통하는 유일한 통로다. 만약에 문틀과 문을 꼭 맞게 하여 얼마간의 틈도 두지 않았으면 여닫는데 불편하고 연결 장치가 어긋나거나 문틀이 뒤틀려 문제가 발생할 수 있어서 이것을 방지하기 위해 약간의 여지를 둔 조상의 지혜가 아닐까?

이 여유로운 문틈은 가을과 봄철에는 바깥의 공기와 실내의 공기를 온 종일 환기시키며 수시로 여닫을 때 문의 여닫이를 무리 없이 매끄럽게 하는 역할을 하였던 것이다.

문을 바르는 창호지는 희고 질기기 때문에 눈보라나 거센 북풍에 쉽게 찢어지거나 물에 젖지도 않는다. 하얀 색상으로 약간의 빛을 투과시켜서 낮 동안에는 방안을 밝고 환하게 한다.

문은 안과 밖 그리고 빛과 어둠의 경계다.

만약에 문에 틈이 없다면 문은 닫히는 순간 벽이 되고, 창호지가 아니라면 빛과 어둠이 차단되며, 문풍지가 없다면 방까지 비집고 들어오는 차가운 위세로 대드는 바람을 막기 어려웠을 것이다.

긴긴 겨울밤에 불어대는 매서운 북풍, 휘몰아치는 눈보라, 밤새껏 울어대던 문풍지 소리, 모두가 시골 옛집에서의 아련하던 겨울의 정취였다.

이제 대부분의 시골집들도 현대식의 주택과 이중 창문으로 개조된 지금, 문풍지에 대한 추억은 물론 그 '문풍지'란 이름조차 사라져 버릴까 애처롭기만 하다.

한중록恨中錄 2

　우리들이 고교시절 고전문학에서 읽고 공부한 궁정수필 중 부녀자들이 한자가 아닌 한글로 쓴 내간체 문학의 백미인 이 글을 살펴보고자한다.

1. 핵심 정리

지은이 : 혜경궁 홍씨(1735 ~1815) 영풍 부원군 홍봉한의 딸 10세에 영조의 아들 사도세자의 빈(嬪)으로 책봉되고 영조 38년 사도세자가 죽은 뒤 혜빈으로 칭호를 받았다. 그 후에 그의 아들 정조가 즉위하면서 혜경궁으로 칭하고 1799년 사도세자는 장조로, 혜경궁은 경의왕후로 추존되었다. 순조15년 81세로 세상을 떠났다.

갈　래 : 한글수필. 궁정수필

연　대 : 조선 순조 5년(1805년) 작가 71세 때

형　식 : 자전적 회고록

표　현 : 우아하고 품위 있는 표현, 전아하고 품위 있는 궁중용어의 사용

문　체 : 내간체 (내간체 문학의 백미)

주　제 : 사도세자의 참변을 중심으로 한 파란만장한 인생회고

의　의 : (1)계축일기. 인현왕후전과 함께 3대 궁정수필
　　　　(2)궁중귀인의 고상하고도 우아한 표현. 절실하고 간곡한

묘사.

(3) 한글로 된 산문 문학으로서 국문학 사상 귀중한 가치를
가진다.

2. 줄거리 – 한중록은 모두 4편으로 되어 있다.

제1편 : 혜경궁 홍씨의 어린시절과 세자빈이 된 이후 50년간 궁궐
　　　 에서 지낸 이야기를 하는데 사도세자의 비극은 말하지 않고
　　　 넘어간다.

제2편 3편 : 친정 쪽의 누명이 억울함을 말하는 내용이다.

제4편 : 비로소 사도세자 참변의 진상이 기록되어 있다.

　　　 혜경궁 홍씨가 탄생할 즈음 오랜 근심 끝에 영조는 세자를
　　　 얻는다. 동궁의 주인이 생긴 것을 기뻐하며 어린나이의 세
　　　 자를 태어난 지 백일 만에 동궁 전으로 보낸다.

　선왕조의 대인으로 위세가 등등하였던 동궁나인들이 영빈이씨
(세자생모)를 업신여기자 영조와 선희궁은 동궁에 가고 싶어도 점
점 피하게 되는 경우가 많았다. 영조의 발걸음이 점점 멀어지던 중
영조가 병적으로 사랑했던 화평옹주가 아기를 낳다가 출산의 고통
을 이기지 못하고 죽고 만다. 사랑하는 딸을 잃은 영조와 선희궁은
비탄에 빠져 세자에게 무관심하게 되고 그사이에 세자는 공부에 태
만한 체 무술과 사랑 놀음을 즐기게 된다. 우연히 이 사실을 알게 된
영조는 어린 나이의 세자를 다정히 불러 교훈하기 보다는 많은 이
들이 있는 곳에서 꾸중을 하고 세자를 미워한다. 부자간의 성격차
이로 인해 부왕이 점점 무서워진 세자는 공포증에 걸려 불안함과
신경증을 내보이기 시작한다. 시간이 흐를수록 부자간의 관계가 악
화일로로 치닫게 되자 세자는 강박증에 걸려 정신이상 증세를 보이
기 시작한다. 부왕에게 꾸지람을 듣고 나면 세자는 화를 다스리지

못해 궁중 나인들을 심하게 때리고 살인하며 폭력을 휘두르는 한편 후궁들을 불러 퇴폐적이고 방탕한 주연을 베풀곤 한다.

어느 날 땅속을 파서 밀집을 만든 후 그 곳에서 기거하게 되는데, 이 사실을 나경언이 모두 영조께 고해 바쳐 영조의 화가 극에 달한다. 한편 옹주를 잃고 세자만을 바라보며 살던 선희궁은 세자의 발작 증세를 여러 번 경험하고 영조를 종용한다. 세자를 폐위하고 죽이기로 결심한 영조는 세자를 마당으로 내쫓은 후 뒤주를 가져오라고 시켜 그 속에 가두게 한 후 죽게 만든다. 이 후 혜경궁 홍씨의 선친과 친정이 화를 입는다. 이후 정조가 왕위를 계승하면서 선친과 모친에게 지극한 효성을 보인다. 작가는 자신의 삶을 한탄하면서 이야기를 마친다.

3. 이해 및 감상

남편 사도세자의 참살 사건을 둘러싸고 전개되었던 역사적 사실을 중심으로 자신의 한 많은 생애를 사소설체로 적은 것이다. 작가가 회갑 때 조카의 종용을 받아 1795년(정조19년) 순 한글로 초(草)를 잡고 1805년(순조5)에 보태어 쓴 것이다.

지은이의 집필 동기인 이글은 단순히 자기 고백적인 회상록이 아니라 그 사건의 내막을 폭로하고 규명하려는 해명서이며 증언이라 할 수 있다.

주목할 것은 남편의 억울한 죽음이라는 참변을 여인의 넋두리로 늘어놓지 않고 일일이 분석하고 해부한 탁월한 안식이다. 흔히 이 글을 그 제목만으로 판단하여 억울하고 처절한 자신의 원통한 감정을 피력한 주정적인 글이라고 알고 있지만 사실은 그 반대로 매우 냉철한 글이라고 할 수 있다. 이 글이 오랫동안 심금을 울리며 읽혀진 이유는 바로 이러한 특성에서 비롯되었을 것이다.

지은이는 매우 끔찍하고 통분할 사실을 쓰는데 있어서도 자기감정을 최대한 억제하며 우아하고 세련된 태도를 잃지 않고 있다. 기구한 자신의 인생을 철저히 묘사한 이 작품은 읽는 이의 가슴을 저리게 한다. 작품의 흐름이 되는 사도세자와 작자 자신의 운명은 사실자체가 한 편의 드라마 같고 그 내용이 또한 입체적이어서 소설에 비견할 만하다. 그래서 이 작품을 소설로 분류하는 사람도 있다고 한다.

4. 한중록에 등장인물

가. 영조 : 숙종의 넷째 아들로 탕평책과 농업장려, 신문고 제도 설치, 군역법의 확립 등 조선후기 문화와 사업을 크게 부흥시킨 임금.

한중록에 비친 그의 성격은 편벽한 성격에 애증이 현저하여 자녀간의 차별이 심했으며 자상하고 섬세하기 보단 성급하고 고집이 세며 변덕스런 인물로 보임

나. 선희궁(영빈이씨) : 영조의 후비로 사도세자와 화평옹주의 생모. 성품이 온후하고 자애로워 혜경궁 홍씨를 끝까지 돌봐 주나 사도세자 사건이 나기 전에 선량하고 정이 많던 왕세자의 폐위를 영조에게 종용한 사유에 대해서는 확실히 밝혀지지 않는다.

다. 홍봉한 : 혜경궁 홍씨의 아버지다. 1743년 딸이 세자빈에 뽑힌 뒤 이듬해에 문과에 급제하여 사관이 되었으며 이후에 영의정까지 오른다. 세자가 서인으로 격하 되고 정순왕후가 섭정함에 따라 직위를 박탈당하고 당파싸움에 밀려 일가가 망하게 된다.

라. 사도세자 : 영조의 둘째 아들이나 이복형 효령세자가 요절함에 따라 왕세자로 책봉되었으나 당파싸움에 밀려 뒤주 속에서 8일 만에 굶어 죽는다. 선천적으로

한 가지 하려면 몇 번이나 되풀이 하여 사색하는 내향적인 성격으로 동기간의 대인관계로 볼 때 본성은 선량하고 정이 많으나 부왕과의 불화로 비극적인 생을 마쳤다.

마. 혜경궁 홍씨 : 정조의 어머니로 영의정 홍봉한의 딸이다 천성이 곱고 후덕하며 자애로워 모든 사람들의 찬사를 받았으나 남편의 참혹한 사건과 친정가문의 몰락과 아들(정조)의 죽음으로 인해 한 많은 인고의 세월을 살았다.

바. 정조 : 사도세자와 혜경궁 홍씨의 아들이다. 아버지가 원통하게 죽은 뒤 효장세자가 되었고 1776년 영조가 죽자 즉위하였다. 아버지에 대한 효성이 지극하여 그 묘인 장현묘를 수원으로 옮겨 수원성을 축성하고 자주 행차 하였다.

5. 사도세자의 가계도

숙종 - (21대) 영 조
　　　　- 1부인 (정성왕후 서씨) : 자식 없음
　　　　- 2부인 (정순왕후 김씨) : 자식 없음
　　　　- 3부인 (정빈 이씨) : 진종(효장세자), 화순옹주
　　　　- 4부인 (영빈 이씨) : 장조(사도세자) 화평옹주. 화협옹주.
　　　　　　　　　　　　　화완옹주
　　　　- 5부인 (귀인 조씨) : 화유옹주
　　　　- 6부인 (숙의 문씨) : 화령옹주. 화길옹주
　　　사도세자(추존왕)
　　　　- 혜경궁홍씨(현경왕후):장남-의소세손,
　　　　차남-정조 청연공주 청선공주
(22대) 정 조

함박눈

추운 겨울에 내리는 눈에는 함박눈, 싸락눈, 진눈깨비, 우박 등이 있다.

싸락눈, 진눈깨비와 우박은 추울 때 빗방울이 찬바람을 만나서 일부가 얼어서 떨어지는 눈이다.

반면에 함박눈은 기온이 비교적 포근할 때에 다수의 눈의 결정이 서로 달라붙어 눈송이를 형성하여 내리는 눈이다.

겨울의 눈으로 대표되며 켜켜이 쌓이는 눈은 함박눈이다.

요즈음 서울의 겨울은 눈다운 눈이 내리지 않고 겨울이 싱겁게 지나가는 경우가 많았다. 그런데 올 겨울은 예년에 비하여 눈다운 눈이 제법 내린 겨울로 기억된다.

지난 1월 11일 전날부터 새벽에 내린 눈과 18일 아침에 내린 눈은 첫눈이면서 제법 많은 함박눈이 쌓인 날로 기억된다. 18일 오후에는 태풍 급 바람이 불고 눈이 많이 내리니 퇴근길 미끄럼에 조심하고 차량으로 퇴근 자는 일찍 퇴근하라는 안내 문자가 전달되기도 한 2021년 1~2월은 모처럼 겨울다운 겨울이었다.

1월11일 오후 1시경에 내리던 눈은 겨울의 진면목을 보이려는 듯 하늘에서 함박눈이 펑펑 쏟아 내렸다.

길거리 쌓이는 눈을 쓸려하니 내 머리에도 많은 눈이 떨어져서 모자를 쓰고 쓸어야할 상황이었고 문득 사진으로 남기고 싶은 광경이었다. 그야말로 어릴 적 고향에서 눈을 맞으며 뛰 놀던 생각이 생생하게 떠올라 눈을 쓸기보다 하늘 높은 곳에서 내려오는 눈을 두 손 벌려서 반기고 있었다.

빗자루로 쓸어 보았으나 쓸면서 뒤를 돌아보면 쓸어내린 흔적이 별로 없고 쓸면서 만들어진 발자국도 덮어 버릴 정도였다.

그런 상황을 보면서 고 정주영 회장이 "눈이 많이 내릴 때는 눈을 쓸지 않는 법이다."라고 직원들에게 말했다는 그 말이 떠올랐다.

그분이 한 말의 의미는 '실속 없는 일은 하지 말라' 또는 '원성이 자자하거나 비난이 빗발칠 때는' 하던 일을 멈추고 뒤를 돌아보는 여유를 가지며, 때로는 반성하고 다시생각해보는 마음가짐이 필요함'을 갈파한 명언이 아닐까 생각된다.

1960~70년대 서울에는 눈이 많이 내리고 추워서 한강이 꽁꽁 얼어서 우마차로 건너기도 하였으나 최근 들어서는 겨울에 눈이 많이 내려서 눈길에 미끄러져 다쳤다거나, 눈을 쓸어야 할 고통을 느껴 본 적이 별로 없이 지내왔다.

사실 춥지 않은 겨울 낮에 함박눈이 많이 내리는 모습을 보게 되면 어릴 적에 나는 묘한 기쁨이 솟아나서 눈을 맞으며 미끄럼을 타고 하얀 눈 위에 벌렁 누워서 하늘을 바라보며 계속 내리는 눈을 즐겼던 기억이 많다.

내 고향은 충남의 시골 마을로 서해가 가깝고 산도 많아서 그런지 겨울에 눈이 많이 내리는 곳이었다. 겨울 방학이 끝나고 학교 다닐 2월에도 "눈이 많이 내렸으니 오늘과 내일은 등교하지 말고 집에서 공부하기 바란다."는 학교장의 부탁을 동네 이장이 대신 전하는 유선 안내 방송을 듣는 경우가 종종 있었다.

그 후 60여년이 지난 지금은, 눈이 많이 내리면 눈을 치워야 하는 입장이지만 하얀 함박눈이 많이 내리면 걱정하거나 귀찮은 마음은 사라지고, 내리는 눈을 반기며 즐거운 마음이 찾아들어 철없는 아이로 되돌아간다.

함박눈은 벚꽃이 만개 후에 바람이 불면, 꽃잎이 우수수 떨어지는 모습이나 능금 꽃이 바람에 날려서 주변으로 떨어지는 모습을 연상케 한다.

겨울에 내리는 싸락눈과 진눈깨비는 추운 날에 내려서 쓸기도 어렵고 손도 많이 시려서 고달프지만, 함박눈은 비교적 포근할 때 내리기 때문에 쓸기도 쉽고 손이 덜 시려 즐겁기만 하다.

장마철에 비가 쏟아질 때는 우산을 써도 감당할 수 없이 내리다가도 한고비가 지나면 서서히 비가 멈추듯이, '함박눈도 쓰는 것이 헛되구나!' 생각될 정도로 펑펑 내릴 때도 낮 동안에 내리는 눈은 그리 오래지 않아 그치게 된다.

아마도 수고하고 애쓰는 사람들을 위한 하늘의 배려가 아닐까 하고 생각해본다.

흔히 눈이 많이 내려서 비닐하우스가 폭삭 가라앉을 정도의 폭설은 대부분 밤사이에 내린다. 아무리 큰 폭설이라도 여름철의 폭우가 많은 지역에 피해를 주는 것과 같이 우리에게 광범위하게 피해를 주는 일은 별로 없다.

이와 같이 함박눈은 우리를 감싸고 배려해주는 정감어린 겨울의 진객이다.

함박눈이 연출하는 경이롭고 신비한 설경은 대 자연의 웅대한 작품이다.

어느 시인은 "겨울이 겨울다운 서정은 흰 눈이 내리는 것이다."라고 말한 바 있다.

냉혹하고 추운 겨울에 추위와 얼음, 미끄러움을 야기하여 우리를 괴롭히는 싸락눈, 진눈깨비, 우박 등을 밀쳐내고 나타나는 함박눈은 우리에게 친밀히 찾아오는 포근하고 너그러운 겨울의 선물이다.

한 낮에 속절없이 내려 쌓여 우리를 당황하게 하고 두렵게 쌓이던 눈 더미는 회색 빛 눈구름사이에 숨죽이며 숨어 있던 햇볕이 나타나면 아무런 저항 없이 녹아내린다. 햇볕'이라는 대자연 앞에서는 단숨에 흔적만 남기고 사라지게 된다. 자연 질서의 위대함을 새삼 느끼면서 우린 새삼 겸손한 마음을 갖게 된다.

수필이란 무엇인가 〈피천득〉

수필은 청자 연적硯滴이다. 수필은 난蘭이요, 학이요 청초하고 몸맵시 날렵한 여인이다.

수필은 그 여인이 걸어가는, 숲속으로 난 평탄하고 고요한 길이다. 수필은 가로수 늘어진 페이브 먼트가 될 수 있다. 그러나, 그 길은 깨끗하고 사람이 적게 다니는 주택가에 있다.

수필은 청춘의 글도 아니요, 서른여섯 살 중년 고개를 넘어선 사람의 글이며, 정열이나 심오한 지성을 내포한 문학이 아니요 그저 수필가가 쓴 단순한 글이다.

수필은 흥미를 주지마는 읽는 사람을 흥분시키지는 아니한다. 수필은 마음의 산책이다.

그 속에는 인생의 향취와 여운이 숨어있다. 수필의 색깔은 황홀찬란하거나 진하지 아니하며 검거나 희지 않고 타락하여 추하지 않고 언제나 온아우미溫雅優美 하다.

수필의 빛은 비둘기 빛이거나 진주 빛이다. 수필이 비단이라면 번쩍거리지 않은 바탕에 약간의 무늬가 있는 것이다. 그 무늬는 읽는 사람의 얼굴에 미소를 띠게 한다.

수필은 한가하면서 나태하지 아니하고, 속박을 벗어나서 산만하지 않으며, 찬란하지 않고 우아하며 날카롭지 않으나 산뜻한 문학이다.

수필의 재료는 생활경험, 자연관찰, 또는 사회현상에 대한 새로운 발견, 무엇이나 다 좋은 것이다. 그 제재題材가 무엇이든지 간에 쓰는 이의 독특한 개성과 그때의 무드에 따라 누에의 입에서 나오는 液이 고치를 만들 듯이 수필은 써지는 것이다.

수필은 플롯이나 클라이맥스를 필요로 하지 않는다. 가고 싶은 대로 가는 것이 수필의 행로다. 그러나 차를 마시는 거와 같은 이 문학은 그 방향芳香을 갖지 아니할 때는 수돗물 같이 무미無味한 것이 되어버리는 것이다.

수필은 독백이다. 소설가나 극작가는 때로는 여러 가지 성격을 가져 보아야한다. 셰익스피어는 햄릿도 되고 폴로니아스 노릇도 한다. 그러나 수필가 램은 언제나 찰스 램이면 되는 것이다. 수필은 그 쓰는 사람을 가장 솔직히 나타내는 문학 형식이다. 그러므로 수필은 독자에게 친밀감을 주며 친구에게서 받은 편지와도 같은 것이다.

덕수궁 박물관에 청자연적이 하나 있었다. 내가 본 그 연적은 연꽃모양을 한 것으로 똑같이 생긴 꽃잎들이 정연히 달려 있었는데, 다만 그중에 꽃잎하나만이 약간 옆으로 꼬부라져 있었다. 이 균형 속에 있는 눈에 거슬리지 않은 파격이 수필인가 한다. 한 조각 연꽃잎을 꼬부라지게 하기 에는 마음의 여유를 필요로 한다. 이 마음에 여유가 없어 수필을 못쓰는 것은 슬픈 일이다. 때로는 억지로 마음의 여유를 가지려 하다가도 그런 여유를 갖는 것이 죄스러운 것 같기도 하여 나의 마지막 십분의 일까지도 숫제 초조와 번잡에다 주어버리는 것이다.

인연 피천득 수필집 1996/2001 샘터 P17-19

세상에서 가장 아름다운 것들

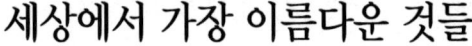

세상에서 가장 아름다운 것은 곱게 화장한 얼굴이 아니라 언제나 인자하게 바라보는 소박한 어머니의 모습입니다.

세상에서 가장 아름다운 손은 기다란 손톱에 메니큐어를 바른 고운 손이 아니라 따스한 손으로 정성스럽게 보살펴 주는 어머니의 주름진 손입니다.

세상에서 가장 큰 힘을 주는 것은 언제나 든든한 언덕이 되어 주는 아버지의 투박한 거친 손입니다.

세상에서 가장 값진 것은 사랑을 나누고 베풀 줄 아는 넉넉한 마음입니다.

세상에서 가장 소중한 것은 작은 것이라도 아끼고 소중히 여길 줄 아는 검소함입니다.

세상에서 가장 기쁜 것은 사랑입니다. 부모 자식 간의 사랑 부부 간의 사랑 연인들의 사랑, 사랑이 없는 곳에는 기쁨과 행복이 없습니다.

세상에서 가장 아름다운 소리는 당신을 사랑합니다. 당신이 있어 행복합니다.

이 보다 더 듣기 좋은 소리는 없을 것입니다.

세상에서 가장 중요한 것은 마음가짐입니다. 언제나 긍정적인 생각으로 살아 가려는 마음가짐은 늘 평안과 안식을 줍니다.

세상에서 가장 당당한 것은 진실입니다. 진실한 말 한마디로 믿음을 주게 되고 마음을 열어 기쁨을 줍니다.

2월의 애환

　2월은 일 년 열두 달 중에서 가장 홀대 받고 만만한 애처로운 달이다. 나머지 달들은 고정적으로 30일이거나 31일인데 왜 유독 2월만 28일 그것도 특별히 배려한 듯 사 년에 한 번은 29일로 변동을 주고 있으니 말이다.

　도대체 왜 그런가? 지구의 공전 자전 등 태양계의 원리에 따른 과학적인 원리가 있겠거니 생각하고 달력의 기원을 찾아보니 2월도 원래는 30일이었으나 로마의 정치가 율리우스 카이사르의 이름은 딴 Julius(July)에서 하루를 빼앗겨 29일이 되고 또한 로마의 초대 황제 아우구스투스(August)가 2월에서 하루를 더 빼앗아 28일이 되었다고 한다. 권력자의 부당한 욕심의 발로에서 초래된 어처구니없는 결정이 2천여 년을 이어오고 있으니 실로 2월은 애처로운 달이다.

　새로운 한 해를 맞이하여 새해에 대한 관심을 가지고 새 달력을 보면서 일 년의 계획을 세우고 년 중의 행사 일정을 표시하며 새로운 다짐을 하여 보는 1월을 보낸 후에 찾아오는 2월은 새로운 것에 대한 기대와 관심도 사라지는 가엾은 달이다.

　따뜻한 봄을 바라며 봄이 들어선다는 '입춘'이요. 겨우내 단단히도 얼어붙었던 대동강의 얼음도 녹는다는 '우수'다 하며 봄을 기다려 보지만 이따금씩 갑자기 다가오는 모진 한파에 움츠려 들며 봄에 대한 작은 기대마저 버려야 하는 야속한 달이다.

　늦추위를 잊어버리고 3월에 대한 성급한 기대를 하여보지만 옛

권력자들의 욕심과 오만으로 다른 달들에 비하여 2-3일의 시간의 꼬리가 절단된 상처를 가진 달이다.

인정이 많고 낙천적인 우리 한민족과 중국인들은 이 추운 날씨에도 설명절과 춘절을 마련하여 고향을 찾고 친척을 만나 기쁨을 누리며 추위와 일상의 고달픔을 잊어버린다. 그런 반면에 사업을 하거나 장사를 하는 사람들은 일할 날짜의 부족 때문에 걱정을 하고, 서민들은 '설 눈은 쌓이는데 먹을 것은 없다'고 걱정하는 기쁨도 있고 걱정도 있는 어수선한 달이다.

그런가 하면 2월은 어린 초등학생들에게는 학년의 수업도 끝나고 비록 짧지만 숙제도 없고 덥지도 그렇다고 매우 춥지도 않은 봄방학을 맞아 책을 멀리한 체 부담 없이 여유를 즐기며 새 학년에 진급을 바라볼 수 있으며, 중 고등학교와 대학교에 입학하는 학생들은 새로운 기대와 포부를 가질 수 있어 여유로운 달이다.

2월은 또한 봉급생활자와 공무원들에게는 짧은 기간에 근무하고 급여나 임금을 받을 수 있으며 알맞게 찾아오는 설 명절에 보너스를 듬뿍 받을 수 있어 자기들의 직장이나 직업에 대하여 자부심을 가질 수 있는 고마운 달이다.

2월은 봄을 준비하는 고로쇠나무에서 수액을 채취하여 건강에 도움이 된다는 믿음을 가진 애호가들의 상큼한 맛을 자극하며, 얼은 땅이 녹아서 삽질하기 손 쉬워서 통통하게 알이 배서 연중 가장 단 맛이 있는 칡뿌리를 캐어 씹을 수 있고, 달래 냉이 등 신선한 봄나물을 캐어 적절히 요리하여 먹으면 특유의 봄맛을 주는 상큼한 달이다.

기쁨이 있으면 언젠가는 슬픔이 있을 수 있고, 어려움을 참고 견디면 반드시 보람과 보상이 있는 것이 자연의 섭리 일진데 어떤 사람에게는 기쁜 기간이 다른 사람들에게는 어려운 시간이 될 수 있는 것이 어디 2월뿐이겠나! 가련하고, 애처로운 2월 이지만 그래도 2월이 있어야 3월도 오고, 봄도 다가오리니 올해도 여전히 봄을 잉태하고 있는 2월을 잊지 말고 2월도 30일까지로 표기될 날을 기다려 보자.

쎄익스피어 산책

　쎄익스피어(William Shakespears)는 세상 사람들에게 너무도 잘 알려진 영국 출생의 극작가, 배우, 철학자로 세계적인 대문호인데 올해는 그가 서거한지 400년이 되는 해다. 그에 대한 업적과 평가에 대하여 훌륭한 연구서들이 많고 또한 전 세계의 지식인이나 작가들이 그에 대하여 잘 알고 있어서 매우 부담스런 주제이기 때문에 나는 쎄익스피어에 대하여 체계 없이 단편적으로 고찰 하고자 한다.

　그는 1564년 4월 잉글랜드 스트랫 어폰에이본에서 비교적 부유한 상인의 아들로 태어났다. 1590년 초에 첫 번째 작품을 발표하기 시작하면서 에리자베스 여왕치하에 런던에서 극작가로 명성을 떨치면서 희곡38편 시16편을 남겼으며 1613년 고향으로 돌아가 3년 후인 1616년에 사망하였다.

　그의 행적이 밝혀지지 않은 1585년 ‑1592년의 시기를 "잃어버린 시절"이라 부르며 그 후 1592년부터 1613년 그가 고향으로 돌아가기 까지 21년간 런던에서 배우로, 극작가로, 극장의 공동 소유주로 활동하면서 불멸의 주옥같은 38편의 희곡을 썼다. 그의 4대 비극 작품으로 Hamlet. Othello, King Lear, Macbeth가 있고 "베니스의 상인" "쥴리우스 시저" "로미오와 쥬리엣" 등의 위대한 작품을 남겼는데 그의 작품의 특징은 역사, 신화, 전설, 이야기 와 기존의 극작품 등 다양한 출처로부터 작품의 소재를 가져다가 자신만의 독특한 성격을 지닌 작품으로 재창조한데 있다. 그의 작품은 당시의 사회 및 문화상을 반영하면서도 수백 년이 지난 지금까지도 독자들의 공감과 사랑을 받아 가장 많이 공연되고 있는 세계문학의 고전으로 알려지고 있다.

그는 오늘날 영국의 언어, 문화, 사회, 교육에 지속적인 영향을 미치며 여전히 살아있다. 또한 그의 작품은 100개 이상의 언어로 번역되었고, 전 세계 학생의 절반이상이 그의 작품을 배우고 있다.

동시대의 영국 작가 벤 존슨조차 쎄익스피어는 한 시대에 그치지 않는다. 세대를 초월한 작가라고 말한바 있다.

그의 영향력은 언어에만 국한되지 않는다. 그가 쓴 대사와 줄거리 창조한 캐릭터는 지속적으로 영국문화와 사회 전반에 큰 감명을 준다. 현재 영어가 세계적인 언어 문화권이 되고 있는 것은 쎄익스피어의 고전적인 작품이 큰 영향을 주었을 것이라 생각이 되며, 영국이 해외 식민지 무역의 확대와 그로 인한 상공업의 발달과 도시가 번창하게 된 산업혁명의 발단도 영국 사회 전반에 끼친 쎄익스피어의 영향이 주요한 몫을 하였다고 생각하는 것도 지나친 비약은 아닐 것이다.

영국의 토마스 칼라일은 인도와 쎄익스피어 중 어느 것을 포기하겠느냐 묻는다면 당연히 인도라고 하였다고 한다. 영국이 세계를 식민지화 하는데 중요한 교도보가 된 인도의 필요와 가치가 지대함을 잘 알고 있는 영국인의 말에서 쎄익스피어의 존재를 엿볼 수 있는 것이 아니겠는가!

넬슨 만델라는 로멘섬에 수감되었을 때 쎄익스피어의 작품 쥬리우스 시저의 "겁쟁이는 죽기 전에 여러 번 죽지만 영웅은 오직 한번 죽는다."는 구절을 인용한바 있다.

영국시인 케이트 템페스트의 시 나의 쎄익스피어(my shakespear)에서 그가 지닌 영원한 가치를 창문 끝에 홀로 있어본 모든 여인....속삭이는 모든 질투 영면에 들지 못한 혼령에 존재 한다.고 표현했다. 디킨스와 괴테에서 차이콥스키, 베르디, 브람스까지 또 뮤지컬 웨스트사이드 스토리에서 쥐덫에 이르기까지 쎄익스피어의 영향력은 그야말로 문화전반에서 광범위하게 찾을 수 있다.

그가 세상의 모든 무대이며 그는 진정 그의 작품들과 유산을 통해 오늘에도 여전히 살아 있다고 전한다.

쎄익스피어의 생가는 버밍햄 시 근처 스타포드라는 인구 40만정도 되는 시에 있는데 세계 각국에서 이 생가를 보기위해 수많은 관광객이 몰려온다고 한다. 그의 무덤은 생가 부근의 천 몇백년 된 교회 안에 있는데 그의 무덤을 보기 위해 찾아오는 관광객도 많다고 하며 쎄익스피어 라는 한 유명한 철학자요 문필가 때문에 시 전체가 먹고 살고 있다고 하니 한 사람의 영향력이 실로 대단함을 느낀다.

우리나라에서도 지난 2014년에 쎄익스피어 탄생 450주년 기념으로 게릴라 극장에서 해외 극 페스티벌 "쎄익스피어 자식들"축제를 진행했는데 쎄익스피어를 새롭게 해석한 연극을 선 보였다고 한다. 올해에 그의 서거 406주년 기념행사가 국내에서도 있을 예정이라 하는데 그 행사에 참여하고 가능한 그의 생가도 찾아서 그의 발자취를 찾아보는 기회를 가져보면 좋겠다.

농촌의 여름 저녁

농촌은 겨울을 제외한 세 철엔 논이나 밭, 집주변의 상황으로 언제나 일거리가 일손을 부르고 있어서 열심히 일하는 사람은 어느 때나 쉴 틈이 없는 반면 그저 음주나 좋아하고 게으른 사람들에게는 적당히 거드름 피며 쉴 수 있는 곳이다. 가을 추수기 때를 보면 이 논과 밭의 주인이 부지런한지 게으른 사람인지 대략 알 수 있다.

농촌은 봄에 씨앗을 뿌리고 여름에 잡초를 뽑고 약을 뿌리며 부지런히 가꾸고, 가을에 추수하기 때문에 철 따라서 적절히 할 일이 있다.

여름철엔 너무 무덥고 할 일이 시간을 다투는 상황은 아니라서 한더위 철에는 점심 후에 동네 느티나무 아래나 기타 쉴 만한 곳에서 한 시간쯤 낮잠을 즐기다가 논이나 밭으로 나가서 해질 무렵까지 일한다.

긴 여름날 해가 진후에 들일을 마치고 부친께서 귀가 하시면 온 식구가 모여 저녁을 먹게 된다. 모친과 두 누님들은 저녁준비를, 나와 동생들은 마당에 멍석을 깔고 짚이나 마른풀에 불을 붙이고는 그 위에다 집주변에서 베어온 풀을 덮으면 푸른 풀이 타면서 매캐한 연기가 피어오르며 집 주변을 뒤덮는다. 여름철에 극성을 부리는 모기를 멀리 쫓아버리는 모깃불이다.

이 시간은 비단 우리 집만의 행사가 아닌 온 동네의 풍경으로 저녁 하늘은 모깃불의 연기로 온 마을이 뒤덮인다. 그 시간에 부친은 씻으신 후에 방들 곳곳에 입으로 부는 방식으로 모기약을 뿌리고 방문을 닫아놓는다.

농촌은 주변에 풀 섶이나 나무들이 많고 집마다 대개 소나 돼지 등의 축사가 있어서 모기가 유난히 많다. 그래서 모기약이나 모깃불 없이 밤을 보내기가 매우 어렵다. 살성이 약한 어린 여동생은 모기에 물리면 주변이 붉게 부어오르고 가려 워서 고통스러워했다.

여름에 농촌은 모기 파리 등의 해충들이 극성을 부린다. 특히 모기는 인류가 지구상에 나타나기 이전부터 공룡의 피도 빨아 산란하면서 진화하여 왔다고 한다. 사실 여름철의 모기는 얼마나 집요한지 밤에 잘 때에 나타나서 사람의 피 맛을 본 후에야 사라지기 때문에 귓가에 앵앵 거리는 모기 소리를 들으면 칼이라도 휘두르고 싶은 심정이다.

모깃불로 인하여 모기소리가 사라지면 풍성한 수제비가 저녁상에 오른다. 밀가루를 잘 반죽하여 먹기 좋은 크기로 썰어서 많이 넣고 호박과 새우젓을 가미하여 끓인 것인데 숟가락을 꽂아도 움직이지 않을 정도로 되직하며 맛이 얼마나 좋던지 요즈음 음식점에선 그 때 그 맛을 찾을 수 없다.

저녁을 마치고 상을 치운 후에 모기약을 분사한 방의 독한 기운을 없애기 위해 30분 이상 문을 열고 환기를 한다.

환기가 되어 방에서 잘 수 있을 때까지는 우리들은 한 시간 이상을 멍석에 누어서 별빛 현란한 여름하늘을 보면서 별자리에 대하여 학교에서 배운 것을 확인하여 본다.

약간 북쪽하늘의 일곱 개의 별이 마치 국을 푸는 국자 모양을 한 별자리는 북두칠성이고 국자의 손잡이 모양의 반대편의 마지막 두 별 사이 간격의 5배쯤 되는 위치의 밝은 별이 북극성이요, 북두칠성의 반대쪽 W자 모양의 밝은 5개의 별은 카시오페아 별자리며 서쪽 하늘의 밝은 별은 금성이란다.

학교에서 배운 대로 고학년의 누님 둘이 설명하면 듣고 신기하여 한참을 바라보던 생각이 난다.

실로 여름철 농촌의 저녁 하늘은 별빛이 어찌나 밝고 초롱초롱 하던지 오래 동안 쳐다보고 있으면 별들이 우수수 떨어질 것 같아서 한눈도 팔지 못하던 기억이 새롭다. 하늘과 우주가 너무 신비하여 위의 세 남매는 한 참을 하늘 여기저기를 바라보며 소곤거리다 보면 아래의 세 남매는 잘 모르고 재미가 없는지 잠 들곤 했다.

멍석은 볏짚으로 촘촘히 엮은 것이기 때문에 깔고 누우면 약간의 탄력이 있어 포근하고 땅의 찬 기운도 차단되기에 편안하여 어머니와 동생들은 하늘의 별을 보다가 어느새 소롯이 잠이 든다.

그때쯤 아버지께서는 백여 미터 떨어진 큰댁에 할머니와 큰아버지께 저녁 문안을 드리고 오셔서 멍석에서 곤한 잠을 자는 자녀들을 보시고는 방에 뿌린 모기약의 냄새가 사라졌는지 확인하신 후 깨워 "방에 들어가서 자라"고 하면 그제 서야 각자 방으로 들면서 하루를 마감한다.

지금도 가끔씩 어렸을 때를 생각하며 여름철에 저녁을 먹고 맑은 날 하늘을 바라보면서 옛날의 추억을 회상하고자 하지만 시멘트와 아스팔트로 뒤덮인 서울에서는 편히 누워서 하늘을 바라볼 수 있는 공간이 없다. 간혹 그런 장소가 있다고 해도 밤에는 가로등과 네온사인이 대낮 비슷하게 밝아서 맑고 조용한 시골과 같이 쏟아질 것 같은 하늘의 맑고 영롱한 별빛을 보기가 쉽지 않다.

사실 서울 생활은 여름 밤하늘의 별자리는 고사하고 년 중 한번만 볼 수 있는 추석 한가위 보름달도 무심히 지나쳐 버리는 경우도 많다.

여름철에는 도시나 시골이나 곤충과 각종의 벌레들이 극성을 부린다. 그중 사람을 괴롭히는 것은 모기가 유독 심하다. 모기에 물리면 뇌염을 앓을 수도 있고 학질에 걸릴 수도 있다고 알려져서 모기의 퇴치는 큰 골칫거리였다.

대도시의 경우는 모기 등 벌레의 서식환경이 열악하고 소독을 자주하여 벌레들이 적지만, 그래도 모기는 번식을 위해 집요하게 사람의 피를 노림으로 해마다 방충망을 보수하고 점검하지만 도시에서의 여름나기는 쉽지 않다.

모기를 쫓기 위해 피우던 모깃불, 그리고 여름날의 자주 먹던 저녁 특식 수제비, 멍석에 누워서 극성스런 모기 소리도 잊고 바라보면 청명한 하늘에서 유독 밝게 빛나던 초롱초롱하던 큰 별들, 그리고 강줄기 같이 길게 줄지어 있던 은하수들을 생각하며 천체의 신비함에 젖어 보던 어린 시절의 여름저녁이 마냥 그립다.

설날의 단상

　설날은 추석과 더불어 우리 민족 최대의 명절로 국민 모두는 바쁜 일 어려운 일을 모두 내려놓고 즐기면서 떡국이라는 고유의 음식을 먹고 윷놀이 등 고유의 놀이를 즐기며 휴일을 보내는 명절이다.

　한국의 설날은 신라시대에 유래되어 고려와 조선까지 이어져 오다가 1896년 을미개혁으로 새해 첫날의 기능은 양력설에 내주고 1910년 한일합방이후에는 일제의 탄압과 박해로 명절의 명맥만 유지되다가 광복 후에도 40여 년간 이중과세라는 이유로 양력설을 권장하여 서울 등 대도시의 일부 가정에서는 양력설을 쇠는 풍토가 생겼다.

　그 후에 전통을 존중해야 한다는 의견이 대두되어 1985년부터 민속의 날이라는 이름으로 음력1월1일 하루를 공휴일로 지정하였다.

　1989년부터는 민족고유의 설날을 부활시켜야 한다는 여론을 받아들여 음력설을 설날로 하고 3일간을 공휴일로 지정하여 오늘에 이르고 있다. 북한에서도 1967년부터 음력설을 공휴일로 하고 2003년부터 설날을 3일 연휴로 하고 있다고 한다.

　설날은 나라를 잃은 설움으로 수난을 받은 명절이다.

　내가 어렸던 해방이후에도 시골에서는 음력 1월1일을 설날이라고 전통적으로 내려오던 풍습을 그대로 지키면서 지냈다. 떡국을 먹고 세배를 하고 제기 차기, 윷놀이, 연날리기, 널뛰기 등을 즐겼던 추억이 많은 명절이다.

이때는 시골은 농한기로 별로 바쁜 일이 없고, 추위는 막바지 맹추위가 계속되고 학교는 대개는 학년말 방학이라서 어른들도 어린 학생들도 마음을 놓고 즐겁게 놀 수 있는 황금의 기간이다. 그때의 설날의 풍습을 기억해 본다.

설날엔 떡국이란 별식을 배불리 먹고는 세배를 한다. 설 이틀 전에 쌀을 물에 씻어서 방앗간으로 가져가 가래떡을 빼서는 무럭무럭 김이 나는 따뜻한 가래떡을 조청에 찍어서 먹으면 1년 중 이때나 먹을 수 있는 특식이기에 단숨에 약50cm 정도 긴 것을 3개를 먹고 나면 배가 불러서 밥 먹을 생각이 없었다.

그런 후 하루나 이틀이 지나면 설날이다. 차례를 지낸 후에 아침 식사로 먹게 되는 떡국은 적당히 쫀득거려서 씹을 맛이 있는 떡, 우유 빛의 끈끈한 국물, 계란과 김으로 만든 고명 등이 어우러진 떡국은 어린 아이도 두 사발은 기본인 별미의 음식이다.

떡국이 소화될 시간인 아침 10시 이후에는 동네의 어른들 아마도 65세 이상이 된 분들에게 세배를 다니게 된다. 초등학생 때에는 부친을 따라 다녔지만 중학교 이상이 되면 부친께서 어디 어디를 가서 어른께 세배를 드리고 오라고 하면 사촌 형들과 같이 다녔다.

우리들 세배객을 맞는 집에서는 형편이 어렵더라도 식혜를 만들어서 찾아오는 세배객들에게 꼭 식혜와 시원한 물김치로 대접한다. 반면에 형편이 넉넉한 집은 바삭바삭하고 맛있는 한과도 제공한다.

이렇게 세배를 일곱여 댁을 방문하여 달콤한 식혜를 먹고 나면 배불리 먹었던 떡국은 어느새 소화가 되어서 배 고픔을 느꼈던 기억이 바로 얼마 전이었던 것 같은 생각이 든다.

설날 다음날 점심 무렵이 되면 풍악단의 꽹과리와 장구, 북과 징 소리가 들리는데 이때부터 온 동네가 축제의 장이 된다. 고깔을 쓰고 솜바지 저고리에 홍색 청색의 띠를 두르고 흥겹게 풍악을 울려대는 풍물놀이에 동네의 어린이들은 호기심에 합세하여 따라 다닌다. 풍물패와 구경삼아 따르는 일행이 긴 행렬을 이루어 동네 곳곳을 다니다 보면 짧은 해는 어느덧 서산으로 기울어 간다. 풍물놀이는 마을의 액운을 물리치고 새 기운을 돋운다고 하여 집집마다 풍물패를 반갑게 맞이하고 적당한 양의 쌀로서 보답한다.

이런 시간이 지나면 여자들은 널뛰기 남자들은 연 날리기를 하게 된다. 그런가 하면 어른들은 마당에 멍석을 깔아 놓고 윷놀이가 시작된다. 나는 어렸을 적에 추운 날에 장갑도 없이 연을 날렸는데 어떤 경우는 즐겨 날리던 방패연이 적당한 겨울바람을 타고 창공 속 멀리서 꼿꼿이 늠름하게 떠 있게 되는데 이때는 나 자신도 하늘 높이 올라서 삭막한 겨울 들판을 떠나서 새로운 세상에 날고 있는 착각을 하다가 얼레의 실이 풀려서 연이 중심을 잃고 날아가 가슴을 쓸어내린 즐거운 기억이 있는가 하면 갑자기 불어대는 거센 바람에 연줄이 끊어져서 연이 멀리 날아가 버린 날도 있다.

사촌 형이 정성스레 만들어준 연이 날려보자 말자 큰 감나무에 걸려서 망가져 버린 일, 바람이 불지 않아서 계속 땅으로 곤두박질하여 부서져 버린 일 등, 춥고 속상했던 경험도 있었다.
연놀이를 하려면 적당한 바람이 불어야하는데 바람은 대개는 오후에 불곤 하였다.

어른들의 흥겹고 시끄럽던 윷놀이는 대보름까지 계속되다가 그 무렵이 지나면 왜 그랬던지 조용히 사라져서 이상하구나 하고 생각도 하였다.

　설날은 음식도 각종의 놀이도 많아서 어렸을 적에 밤잠을 설치며 미리 준비한 설 옷을 입어보며 기다리던 어린이와, 설맞이를 위해 바쁘시던 어른들 할 것 없이 기다리는 큰 명절인데 복잡한 도회지에서는 떡국, 세배, 윷놀이 등의 풍습은 점점 사라지고 잊혀가고 있으며 명절이라도 연휴에는 어김없이 국제공항만 북적대는 이때에 농촌이라도 연 날리기, 널뛰기, 윷놀이 등의 놀이가 명맥이라도 유지 되었으면 하고 아쉬워하며 어렵게 되찾은 설날에 우리 고유의 세시 풍속만은 지속되기를 바라는 마음 간절하다.

2부

우정, 그 향기로운 빛

동지 팥죽

　겨울이 약간 깊어가는 즈음에 우린 동지를 맞이하게 된다.

　동지는 매달 두 번씩 있는 24절기 중의 하나로 대설과 소한 사이의 절기이며 북반구에서는 태양이 남쪽에 이르러 남중고도가 가장 낮아 밤이 제일 긴 날이다.

　반면에 남반구에서는 낮이 가장 길고 밤이 제일 짧은 하지가 된다. 이러한 천문학적인 24절기라면 시간과 더불어 지나는 그런 시기로 닥아 올 추위에 움츠려 드는 음력11월 중순이며 양력으로는 12월22일 쯤 일 뿐이다.

　그러나 동지는 무심코 지나버릴 수 없는 별다른 세시 풍속을 가지는 그런 절기로 기억된다.

　고대 문물을 자랑하던 페르시아나 로마 등에서는 동지를 중요한 축제일로 삼았고 우리나라에서도 동지를 '작은 설'이라 해서 크게 축하하는 풍속이 있었다. 궁중에서는 이날을 새해 원단元旦과 함께 으뜸 되는 축일로 여겨 군신과 왕세자가 모여 회례연會禮宴을 베풀었고, 중국에는 예물을 갖추어 동지사冬至使를 파견하였고 지방의 관원들은 국왕에게 전문箋文을 올려 축하드렸으며 민가에서는 붉은 팥으로 죽을 쑤어 찹쌀로 만든 새알심을 넣은 팥죽을 즐겁게 먹었다.

　또한 음력11월에 동지가 있다고 하여 11월을 동짓달이라 불렀던 그런 뜻 깊은 절기이다.

이와 같이 의미 깊은 동지이지만 그래도 나의 기억에 남아 있는 것은 동지 팥죽과 함박눈이다.

내가 어렸을 적 고향 충남 보령에서 살던 때에 매년 동지가 되면 어김없이 어머니께선 뜨끈한 팥죽을 쑤어서 우리 식구들은 물론 큰집 작은집의 모든 식구들이 함께 우리 집에 모여서 팥죽을 먹는 것이 되풀이 되는 겨울맞이 큰 행사였다.

그러다 보니 큰집 등 여러 식구들은 동지 팥죽을 먹는 동짓날을 달력에 표시를 해두고 그 날을 기다리며 으스스한 추위를 이길 수 있었다.

찹쌀로 만든 새알심(옹심이)이 많이 들어 있는 되직한 팥죽은 어린 우리들에게는 겨울철 최고의 별식이었다.

농촌은 늦은 봄부터 10월까지는 매우 바쁘지만 추수를 하고 김장을 마친 겨울철에는 그렇게 여유롭고 편안할 수 없다.

눈이 내리고 추우면 아궁이에 불을 많이 피우고 따뜻한 온돌방에서 화로에 고구마를 구워 먹으며 지내면 하루해가 후딱 지나간다.

대부분의 농촌은 주로 벼농사를 짓고 보리, 콩, 감자, 고구마 등의 밭농사는 식구들이 일 년간 먹기 위해서 경작하고 벼농사 지은 쌀을 팔아서 자녀들 교육비나 생활비를 마련한다.

팥은 밭의 자투리땅이나 밭둑에 심어도 잘 자란다. 아버지께서는 매년 어김없이 팥 농사를 하셨는데 아마도 동지 팥죽 때문이었으리라 생각되었다.

동지 때에는 많은 함박눈이 내린다. 양력 11월 하순에 첫눈이 맛보기로 약간 내리다가 12월 들어서는 제법 내리고 12월 하순인 동지 무렵에는 수시로 함박눈이 내려서 들이나 산 그리고 온 동네가 눈에 덮인다.

고향땅 보령은 서해가 가까워 겨울에 눈이 많이 내리는 지역이다.

초등학교 시절에는 폭설로 인하여 방학이 일찍 시작될 때도 있었고 어떤 경우에는 학교 근방의 유선방송에서 보내는 오늘은 휴교한다는 방송을 듣고는 '잘 되었다'하며 책가방을 내던지고 동네 친구들과 물을 담아 놓은 논에 가서 눈을 쓸고 종일토록 눈썰매를 타다가 젖은 옷을 하고는 저녁때에야 집에 간 경우도 있었다.

이제는 세월이 지나 바쁜 산업사회가 되어 세시 풍속도 많이 사라졌다. 동지 팥죽의 추억도 멀어져가고 년 중 언제나 먹을 수 있는 간식으로 마켓이나 죽 전문점에서 흔히 볼 수 있고 먹을 수 있게 되었다.

눈에 보이듯 선연한 고향의 산과 들은 추운 거리에 인적도 적었지만 종일토록 펄펄 내리던 함박눈이 쌓이면 그야말로 동화속의 마을이 되었었다. 어느 시인의 시 "겨울이 겨울다운 서정시"는 바로 눈 쌓인 경관을 보고 읊었으리라!

그러나 지금은 자동차 운전하는 사람들과 길거리 청소하는 사람들 그리고 나이 많은 어르신에게 눈은 너무도 귀찮은 겨울의 불청객이 되고 있는 이때에 기억에도 멀어져 가는 그리던 어릴 적 동짓달을 떠올려 본다.

놀라운 자연의 복원력을 보고

한여름 더위에 지쳤던 나는 선선한 바람과 단풍이며 억새까지 아름다운 가을맞이로 서울의 명소가 된 월드컵 공원으로 문학 동아리 회원들과 문학 기행을 가기로 했다. 마침 날씨도 좋았는데 보기만 해도 즐거운 회원들과 가까운 곳이라 가벼운 마음으로 초청회원 세 분과 함께 떠났다.

오전에 급한 일정을 마치고 합류해 서울의 새로운 명소가 된 월드컵공원에 도착했다. 월드컵 경기장 근처에 가니 어찌나 구경나온 사람이 많은지 이곳이 서울 시민들이 찾는 대단한 명소가 되었구나! 라고 느끼며 일행들과 연락을 주고받으며 목적지에 도착했다.

그러나 좋은 풍광을 즐길 여유도 없이 구름떼 같은 군중에 압도되어 목마르고 허기진 몸을 달래며 몇 개의 공원 중에서 하늘공원의 억새꽃과 코스모스 군락을 주마간산 격으로 보고는 간신히 그곳을 빠져나왔다.

상암동 월드컵 공원이 10여전이나 몇 해 전에 찾아보았던 것과는 많이 달라진 모습에 큰 감명을 받아 봄이나 가을 한가한 때에 꼭 다시 찾아보겠다는 다짐과, 놀라운 자연의 복원력 신비한 생태계에 대하여 관심을 가지고 공부를 해보고 싶었다.

우리가 가던 날이 하늘 공원의 억새꽃 축제 마지막 날이었다. 서울에서 처음 보게 된 억새의 군락이 얼마나 크고도 장엄하였던지 다른 지역에서 보았거나 어렸을 적에 고향에서 보았던 억새들과 사뭇 달라 보였다. 여러모로 생각해봐도 상암동 하늘공원이 토양 등의 생태계가 얼마나 좋기에 그토록 규모가 크고 울창하기 까지 할 정도의 억새꽃들이 자라고 있나 하는 생각이 들었다.

이곳이 처음에 공용 골프장으로 사용되었을 때와 그 후에 가족 캠프장으로 사용된 몇 해 전에도 가 본적이 있어서 그 주변의 모습을 기억 하는데 지금은 생소한 느낌을 가질 정도로 기름진 토양임을 느꼈다.

난지도蘭芝島는 망원정 부근에서 한강과 갈라진 난지샛강이 행주산성 쪽에서 다시 본류와 합쳐지면서 생긴 섬이었다. 한강하류 삼각주로 편마암 지대인 난지도에는 자연스러운 모양의 제방이 있어 조선말까지 놀잇배가 정박하는 곳으로 이용되었다. 옛 선조들은 나라의 정사가 잘 되었는지를 알려면 난지도에 핀 꽃들을 보면 된다고 하였단다. 굵고 단단한 모래로 다져진 땅으로 이곳에서 솟아난 담수가 사람에게 가장 좋다고 하여 좋은 풍수조건을 갖춘 땅이 난지도였던 것이다.

쓰레기를 매립하기 전에 난지도는 땅콩과 수수를 재배하던 밭이 있던 평지였다. 낮은 땅이었기에 홍수때 물에 잠기기도 하였으나 학생들의 소풍장소나, 남녀의 데이트 코스로 사랑을 받았으며 겨울이면 고니 떼와 검둥오리 등의 철새들이 몰려오는 자연의 보고였으며 꽃으로 가득했던 이름조차도 향기로운 난지도였다.

이런 곳이 1978년 3월부터 쓰레기 매립장이 되어 서울이라는 대도시에서 발생되는 과욕과 허영의 산물을 마구잡이로 받아들이게 되었다.

우리나라가 급격하게 휘몰아치던 도시화, 산업화의 물결로 서울이 급격히 팽창하면서 늘어난 배설물들을 수용하던 이곳은 개발과 풍요의 찌꺼기로 메워져만 갔고 15년이란 세월이 흐르는 동안 그토록 향기롭던 난지도는 어느새 높이 90m에 이르는 쓰레기 산 2개로 변했다.

그때의 쓰레기 매립은 폐수가 흘러서 주변의 오염을 방지하기 위한 차수막遮水膜등 기본적인 시설을 준비하지도 못한 체 그 당시 쓰레기 매립장으로 사용되던 잠실, 장안동, 상계동 매립장에 쓰레기가 가득차자 대규모 쓰레기 매립장을 찾다가 서울시의 외곽이면서 교통이 편리한 난지도를 선택하게 됨에 따라서 쓰레기 매립이 시작되었다.

그 후 15년 동안 연탄재를 비롯하여 생활쓰레기 심지어 음식물 쓰레기까지 각종의 폐기물이 비위생적으로 적재된 결과 쓰레기가 썩으면서 생기는 물인 침출수가 나오고 악취와 함께 유해가스가 발생하였으며 침출수 양이 점차 증가하여 쓰레기 더미의 무게로 땅이 가라앉을 위험까지 발생하였다.

이 때문에 주변 한강의 수질과 대기가 오염되었고 가까운 곳의 생태계가 파괴될 정도로 난지도는 악취가 심하고 환경의 오염이 극심한 버려진 땅으로 서울 시민들이 발길을 돌리는 지역이 되어 버렸다. 결국은 수용의 한계에 도달하고 한강의 오염 등의 심각한 문제점들로 인하여 쓰레기 매립을 종료 하고 1996~2000년 까지 매립지에서 발생하는 메탄가스를 처리하기 위하여 땅에 긴 파이프를 박고 침출수의 유출을 막기 위해 벽을 치고 처리장을 만드는 등의 노력을 하니, 점점 생태계가 살아나기 시작하여 이제는 아름다운 생태공원으로 탈바꿈하여 시민에게 즐거움을 선사하는 공간이 되었다.

그토록 악취와 유해가스가 발생하고 환경의 오염이 극심했던 지역이 이제는 시민이 즐겨 찾게 된 환경이 된 것은 근본적으로는 자연의 놀라운 복원력 때문이지만, 이기적이고 임기응변적인 행태에 대한 폐해를 느낀 인간이 복원을 위하여 계획을 세우고 자금과 인력을 투자하는 등의 뒤 늦은 노력이 보탬이 되어 이룩된 결과라고 본다.

모든 생명체는 자연의 소산물로서 생태계를 이루는 하나의 요소가 되었다가 어떤 방법으로든 결국은 땅에 묻혀 생명체의 밑거름이 되어 생태계의 균형 인자로 작용하기 때문에 비록 마구 버려지고 태워져도 환경오염으로 인하여 인간에게 피해를 줄 지라도 결국은 다음 생명체의 자양분이 되어서 생명체를 소생케 하는 자연의 복원력은 우리가 인지하고 상상하는 것보다 크고 위대함을 느끼게 한다.

월드컵 공원이라 부르는 난지도 쓰레기 매립장은 지금은 하늘공원, 노을공원, 난지 한강공원, 난지천공원, 평화공원 등의 생태공원이 되어서 서울시민들이 즐겨 찾는 명소가 되었다. 가벼운 가을 나들이였지만 자연의 놀라운 복원력과 심오한 자연의 순환 현상을 깨닫게 되는 계기가 되었음에 감사한다.

고마운 나의 발

　발은 어딘가에, 누군가에 가까이 다가가기 위한 우리 몸의 유일한 지체이며 말 없는 수고의 상징이기도 하다.

　우리 인간은 머리에 달린 눈 귀 코 입이 있어 보고 듣고 냄새 맡고 음식물을 먹는 기능과, 팔이 있어서 자유자재로 편리하게 사용함으로써 훌륭한 도구 역할을 하며 또한 발이 있어서 오가면서 일하고 세상을 향해 그리고 누군가를 향해 다가간다.

　우리 몸은 여러 지체가 맡은 역할을 잘 감내 하면서 활동하며 살아가고 있기에 어느 것이 중요하고 덜 중요하다고 말할 수는 없다.

　그러나 나는 가끔씩 발이 온갖 지체 중에서 때로는 우리의 관심이 적고 상대적으로 홀대를 받고 있다는 생각을 하는 때가 있어서 발에 대하여 미안하고 안쓰럽다는 생각을 갖고 있다.

　현대 사회에서는 예전과는 다르게 수고스럽게 걸어가지 않고도 가만히 앉아서 전화나 문자로 소통하는 경우가 많고 교통수단의 발달로 인하여 걷는 수고를 상당히 덜어 주고 있다. 하지만 인간은 여전히 걸으면서 이동하는 존재이기 때문에 발을 혹사 하는 경우가 많다.

　나는 농촌에서 자랐던 어린 시절에 친구들하고 씨름 놀이를 하다가 팔을 다친 적이 있고, 달음박질을 하다가 돌부리에 걸려 넘어져서 왼발을 다쳐 고생한 적이 있었는데 다리를 삐어서 걷지를 못하였을 때 매우 답답하고 마음대로 뛰노는 친구가 얼마나 부러웠던지 모른다.

그때부터 팔 보다는 다리 아픈 것이 훨씬 불편하다는 것을 느꼈고 그 후 중학교 시절엔 다리 오금파기에 근육염이 있어서 쭈그리고 앉아 대변을 보기에 많이 불편한 것을 겪으며 다리의 소중함을 뼈저리게 느낀 기억이 있다.

이런 나에게 고교 시절의 생물 선생님께서
"나는 언제나 발을 소중하게 여기면서 샤워를 하거나 발을 씻을 때에는 얼굴이나 몸을 씻는 수건과 구별하여 발에는 새 수건을 쓰면서 발을 정성껏 관리한다." 라고 하시던 말씀을 들었는데 급우들은 유별난 분이구나 생각하였지만 발의 소중함을 경험으로 느꼈던 나는 그 선생님은 무언가 다른 철학을 가진 예사롭지 않은 분이라 생각했고 그분의 가르침을 마음에 새겼던 것을 기억한다.

이미 50여 년이 지난 기억으로 지금까지 살아 계시진 않겠지만 그 은사님은 살아계시는 동안에 적어도 발이 아파서 고생하시진 않으셨으리라 생각이 된다.

나는 겨울만 되면 양쪽 발목의 뒤꿈치가 단단하여져서 갈라지고 굳은 각질이 떨어져 나오며 감각이 없어지곤 하다가 봄이 되면 각질도 없어지고 다시 감각이 살아나고 부드러워진다. 지금도 겨울이 오면 여전히 그렇지만 다시 봄이 되면 괜찮아지겠지 하고 무심하게 보낸다.

겨울에 발을 따뜻한 물에 자주 담그고 약이나 로션을 바르며 관리하면 뒤꿈치의 감각이 살아나고 갈라져 아픈 것도 어느 정도 좋아져서 가벼운 불편 상태로 지낼 수 있겠지만 석 달여를 참고 견디면서 아프고 불편하게 보낸다.

그런가 하면 샤워를 하거나 몸을 씻을 때에 얼굴과 손을 먼저 닦고 제일 나중에야 발을 닦는 습관이 있어 발 대접에 소홀함을 생각하며 발수건만은 새로운 수건을 사용하신다던 그 은사님 말씀이 떠오르곤 한다.

발은 우리 몸의 가장 낮은 곳에 머물러 있어 영양과 산소를 공급하는 피의 흐름도 가장 늦고 탄력도 떨어지는 말단이라서 감각 중추의 전달도 가장 늦을 수밖에 없다. 그래서 당뇨 등의 병으로 제일 먼저 망가지는 것이 발이다.

나는 걸음도 빠르고 걷기를 좋아하는데 나의 두 발은 성실한 심부름꾼처럼 온몸을 지탱하며 내 의지를 잘 따르고 섬기는 피곤하기만 한 실로 가엾은 지체다.

이제 두발의 소중함을 다시금 마음에 새기며 무리한 욕심으로 오래도록 걸어서 피곤함을 느끼지 않게 해야겠다. 또한 이 나이에도 웬만한 산은 쉽게 오를 수 있다는 부질없는 오기로 무리한 등산을 하여 발을 혹사 시키는 일은 결코 하지 않을 것이다. 추운 겨울이 오면 따뜻한 물로 족욕도 자주 하고 부드러운 로션을 얼굴 못지않게 듬뿍 발라주고 깨끗한 새 수건을 사용하여 두발에 정성을 기울여서 말끔히 닦아주며 발을 아끼고 많은 관심을 가져야 하겠다.

발이 건강해야 몸도 마음도 건강할 테니까.

인 연

　인연이란 사람들 사이에 맺어지는 관계라고 한다.

　부모 자식 형제 친족 간의 혈연적인 관계, 지연과 학연으로 맺어지거나, 친구사이로 맺어지는 사회적인 관계 등 우린 살면서 많은 사람들과 다양한 인연을 맺고 살아간다. 나도 여러 인연으로 인하여 도움도 받고 기쁨도 느꼈고 때로 상처를 받고 피해도 당했지만 큰 의미를 갖진 않았고 인연이란 종교적으로, 철학적으로나 사유하는 의미이겠거니 하고 지금까지 살아 왔다.

　그런데 지난 4월26일 아끼던 후배이자 친구를 갑자기 하늘나라로 보내고 한통의 납골로 수거하여 납골당에 안치한 후에 인연이라는 의미를 많이 생각해보았다.

　지금부터 45년 전, 1970년에 고교 후배를 통하여 대학입시 공부를 같이하고 있다는 한 사람을 소개 받았는데 그는 큰 키에 인물도 준수하며 매우 상냥하며 붙임성이 있고 좋은 인상을 가진 친구였다.

　운동도 잘하고 모든 면에 재능이 있는 친구였다. 수학은 잘하는데 영어가 약하여 노력중이라고 하였다. 학원 강사가 좋은 대학에 입학하려면 착실히 일 년은 공부해야 한다고 하였고 친구들의 권고와 그가 다니던 서울의 유명한 대입 입시학원 원장님의 추천으로 대학에 재학 중이던 내가 영어를 지도하기로 하였다. 그와 나는 친구이면서 선생과 제자로 일주일에 5일씩 그의 집에 오가면서 8개월 정도 영어를 지도하게 되었다. 이런 관계로 우린 오랜 기간 특별한 인연을 갖게 되었다.

일 년 후 같이 학원을 다니면서 공부했던 그와 9명의 친구들은 각각 그들이 원하던 대학에 입학하여 공부와 운동 그리고 취미 활동을 하면서 본격적인 대망의 대학 생활을 하였고 그는 특유의 친화력으로 선후배들과 다양한 활동을 하였다.

사교적인 성격이 아닌 내게

"형 공부는 다음에 하고 여행 갑시다."

"운동 합시다." 하면서 때때로 여러 활동에 참여를 독려하는 바람에 억지 춘향처럼 동참하기도 했다.

이때에 나는 그와 9명의 친구들과 같이 우정의 속삭임(Sound of Frendship : S.O.F)이란 모임을 결성하여 활동하고 '석란'이란 문예지도 발간하며 맘껏 사자후를 외치며 대학 생활을 보냈다.

대학을 졸업하고 군복무를 마친 후 직장 생활을 하는 동안은 서로 회사와 종사하는 업무가 달라서인지 한동안 연락이 뜸하였다. 더구나 내가 해외 건설 현장인 사우디와 미국과 인도네시아에서 해외 근무하는 동안은 우리의 특별한 인연은 멀어지나 생각했다.

6년 정도의 해외 근무를 마치고 귀국한 몇 년 후 나는 대기업을 떠나 중견기업인 폐기물 재활용업체에서 근무하게 되었을 때 그는 쌍용정유(현재 S-OIL)에 근무하고 있었다. 폐유 재활용업체와 정유 업체는 원료의 조달, 제품의 판매에서 많은 관련이 있는 업종이다. 그는 내가 근무하는 회사에 필요한 벙커-C유나 경유 가격 등의 정보를 변동이 있을 때 마다 자료를 FAX로 보내주고 원료 조달을 위하여 그의 회사 책임자를 소개하여 주면서 나를 도와주려고 많은 노력을 하면서 선후배의 아름다운 인연을 계속 이어갔다.

몇 년 후 그는 S-OIL의 영남 지역 본부장을 끝으로 정년퇴임하고 그의 아내와 자녀가 있는 미국 LA로 떠나게 되어 연락이 어려워지면서 이어지던 좋은 인연도 이제는 멀어지겠구나 하였다.

그러나 그는 고국과 고향 밀양의 농토가 그리워서인지 이른 봄에 한국에 와서 사과나무를 가꾸고 가을에는 고구마를 캐어서 친구들에게 원가로 판매 하는 등 의 농사일을 하다가 늦가을부터는 미국에 머물며 가족들과 지내다가 다음해 봄철에는 다시 귀국하여 농부가 되는 생활을 반복하였다. 그가 조금 한가한 여름철이나 친구들의 경조사가 생겨서 서울로 상경하면 우리는 급히 모임을 갖고 농사를 짓는 그의 그을린 건장한 모습을 보면서 반가워하며 우정을 이어나갔다.

1970년 처음 그를 만났는데 그는 그 당시 중견기업이던 문화연필 사장의 맏아들로 유복하게 자라서인지 자신감이 넘치며 친구들과도 잘 어울리고 테니스 야구 등 각종 운동에도 재능이 있었고 나에게는 각별히 "형, 형~"하며 따라서 나 자신도 우쭐해진 기분이었고 다른 친구들에게도 그는 선망의 대상이었다.

그가 결혼하여 서울에서 남들과 같이 직장에 다니면서 생활하다가 그의 아내가 자녀들 (딸. 아들)의 교육을 위한다는 명분으로 미국으로 이민을 떠나게 되니 그는 혼자 지내며 소위 기러기 아빠 생활을 10여년 하면서 외롭고 어려운 삶을 살았던 사실을 나는 뒤늦게 알게 되었다.

직장 퇴임 후에 미국에 가기는 싫지만 가족과 계속 떨어져 살수 없는 사실에 고민하는 모습을 보며 나는 무조건 미국으로 가서 아내와 자녀들과 같이 살 것을 조언 했었다.

결국 미국으로 떠났기에 잘 되었다고 안도하였는데 고향과 물려받은 농토가 그리웠던지 농사철에는 혼자 귀국하여 소문 없이 지내곤 하였다.

그가 볼일이 있어서 서울에 온다는 통보를 받으면 '또 농사일 때문에 귀국을 하였구나.' 생각하며 거의 대부분의 친구들이 모이곤 하였다.

그 때마다 '가족과 여전히 떨어져 지내는 삶을 살고 있구나!' '다른 친구들에 비하여 유복하고 행복하게 자란 그가 어쩌다 이기적인 아내를 맞아 남 다른 고생을 하는가?' 생각하며 늘 마음이 아팠다.

2015년 4월 24일 나는 그날 형제자매들과 부모님 성묘 겸 고향 나들이로 고향인 충남 보령에 와서 성묘를 마치고 휴대폰을 열어보니 S.O.F 모임친구인 장 회계사한테서
'원일이 심장마비로 서거. 시신은 서울로 운구 중'
이라는 청천병력 같은 메시지를 받았다. 너무도 어이없어서 멍하니 하늘만 바라보다가 메시지를 보낸 친구에게 확인하여 보니 부산에서 초등학교 친구들과 저녁에 술을 마시다가 어지럽다고 하며 화장실에 갔는데 오랫동안 오지 않아서 화장실에 가보니 쓰러져 있어서 일으켜보니 이미 운명하였다고 한다.

이제는 그토록 좋은 인연으로 40여년을 내 주변에서 맴돌던 원일이가 아주 먼 길을 떠났구나! 실로 허망하고 슬픈 일이구나! 혼자 많은 생각을 하며 형제들과의 일정을 마치고 다음날 S.O.F의 친구들과 모두 모여서 삼성병원을 찾아 서글픈 현실을 확인하고 그날과 다음날 발인 화장 납골안치 등의 모든 일정을 유족과 함께하고 정

신없이 이틀을 보냈다.

실로 가깝게 45년의 세월을 보낸 11명의 친구 중에 제일먼저 유명을 달리 하였을 뿐 아니라 마지막 장례식에도 참석치 못한 직계 유족인 그의 아내와 아들의 사연을 듣고는 형제들과 친구들이 주선하여 그의 마지막을 안타깝게 보낸 사실이 나를 비롯하여 모든 사람의 마음을 내내 아프게 하고 떠난 친구였다.

그의 아내는 한국에 나오면 다시는 미국에 갈 수 없는 불법 체류자라서, 또 아들은 군 입대를 기피하였기에 귀국하면 즉시 군에 입영을 해야 하기 때문이라 한다.

물론 이미 떠난 사람은 할 수 없고 남은 가족이 장래에 많은 불이익을 감수 할 필요는 없을 것이란 사실도 이해 못하진 않으나 유복하게 태어나서 어린 시절을 잘 보냈던 그가 평생을 보살피고 헌신하였던 가족으로부터 마지막 갈 때 작별 인사도 받지 못하고 떠났구나 하는 생각에 그가 떠나고 몇 개월이 지난 지금도 여전히 허망함과 안타까움이 떠나지 않는다. 아마도 그를 아꼈던 마음과 함께 했던 많은 추억이 있었기 때문이리라.

좋은 인연이란 시작과 함께 끝이 좋은 인연이다.

그와 나는 지연이나 학연, 또는 비슷한 나이 등의 관계로 맺어진 인연이 아닌 특별한 관계로 이루어진 참으로 아름다운 인연이었는데 아까운 친구를 먼저 보내고 지금까지도 온 가슴이 시리고 아프다.

욕심이겠지만 홀연히 먼저 떠나 남은 사람에게 오랫동안 슬픔을 남기고 가는 인연이 없기를 소망하여 본다.

모성애

나는 지금 경로대우를 받는 나이지만 아직도 어머니의 사랑에 대한 아련한 감정을 가지고 있다. 그리하여 언젠가는 모성애에 대한 나의 상념을 글로 써보고자 하였으나 모든 감정이 무디어지고 흐릿해지는 지금에야 쓰려고 하니 부끄럼이 앞서지만 지금이 아니면 기회는 없을 것 같은 생각이 든다.

모성애란 자식에 대한 어머니의 본능적인 사랑이며, 본능이란 학습이나 경험에 의하지 않고 인간이 세상에 태어나면서 갖추고 있는 행동양식이나 능력이다. 실로 어머니의 자식에 대한 사랑은 태어날 때부터 가진 마음이다.

나는 충청도의 한 시골에서 2남4녀의 자식들 가운데 셋째이면서 맏아들로 태어나 할머니와 부모님들의 사랑을 흡족히 받고 자랐다. 그래선지 마음이 여리고 유약한 면이 많으나 정서적으로는 매우 안정적이며 자연과 사회의 순리에 매끄럽게 순응하며 자랐다.

부친은 부지런하고 엄격하셔서 잔정을 밖으로 별로 표현하지 않는 분이셨고 모친은 사랑과 헌신의 표상으로 묵묵히 가정과 자식들을 위한 삶을 사신 분이셨다. 이런 가정이어서인지 많은 형제와 자매들이 함께 자랐지만 다툼이나 반목이 무엇인지 모르고 웃음소리가 사라지지 않는 분위기에서 자랐다.

나는 어렸을 적에 순하게만 자라서 수줍어하고 숙기가 없어서 별로 기대할 면이 없는 그런 녀석인 것 같아서 걱정을 하셨던 것 같다. 그러나 점점 자라면서 나도 모르게 기억력이 나아지고 공부가 재미가 있어지고 언제부터 인지 노력도 별로 하지 않던 내가 학습 능력이 매우 향상 되었는데 이것이 어쩐 일인가 나 자신도 의아했다.

시간이 되어 우연히 알게 되었지만 어머니께서는 새벽에 일찍 일어나셔서 언덕을 내려가야 하는 200여m정도 떨어져 있는 공동 우물에서 깨끗한 새벽의 물을 한 동이 떠가지고 그 중 한 그릇에 담은 정한수를 뒷마당의 장독대 위에 놓고는 양손을 비비며 무엇인가를 하고 계신 것을 우연히 목격하고는
'아! 어머니께서 자식들을 위하여 정성을 다하여 천지신명께 빌고 계시구나!'
생각하고 자녀인 우리들이 건강히 잘 자라고 공부를 잘하고 있는 것은 모두가 어머니의 사랑과 정성 때문 이었구나! 이제부터는 부모님 말씀을 더욱 잘 듣고 공부도 열심히 해야 하겠구나 다짐하며 어머니의 크신 사랑을 새삼스레 알게 되었다.

그 무렵 어린 학생들의 표상인 우리 지역 출신의 법관이 계셨다. 그 분의 모친은 아들을 위하여 새벽마다 집 뒤쪽의 깊은 산속의 기도터에서 날마다 오랜 기간을 정성껏 기도하셨는데 하루는 산신령(호랑이를 이름)이 기도 중에 주변에 나타나 그 분에게 계속 흙을 뿌렸지만 모른 체하고 기도만 열심히 하니 조용히 사라지더라는 이야기가 회자 되었다. 그래서인지 아들은 사법고시에 무난히 합격하고 즉시 검사에 임용되어 고향에서 명성이 자자하였는데 그 후에 그분은 대법관까지 역임하시고 퇴임하신 훌륭한 법관이었다. 그것

은 어머니의 극진한 사랑과 정성 때문이라고 고향의 모든 사람들은 기억하고 있다.

위의 두 가지 사례, 나의 모친의 정성과 법관 모친의 기도 때문에 건강하고 학습 능력이 매우 증진되었고 또한 법관이 되었다 함을 기술한 것은 신비주의적인 연관을 말하려는 것이 아니라 다만 어머니의 자식에 대한 본능적인 사랑은 모든 고통과 위험을 초월하는 위대한 것이라는 사실을 표현하고자 함이다. 사실 기도하는 어머니의 자식에게 하늘의 도우심이 있으리란 것은 인정할 수 있는 일이 아닐까 생각한다.

나는 부모님의 배려로 일찍 서울에서 공부하게 되었다.

고교 시절로 생각되는데 하루는 왕십리에 있는 사설 독서실에서 공부를 하고 새벽7시경에 집에 가는데 겨울이라서 밤에 눈이 내려 제법 쌓여서 젊은 나도 조심스레 걸어가는데 앞에 애기를 업고 걸어가던 30대 후반의 여성이 눈길에 미끄러지는 상황을 목격하였다.

그 분은 등에 업힌 애기가 다칠까 염려 되었는지 뒤로 넘어지지 않으려고 순간의 재치를 발휘하여 다리가 꼬인 채 그대로 주저 않고 말았다. 그리하여 애기는 무사하고 그 여성만 다리가 꼬여서 일어서지 못하고 괴로워하였다.

뒤에 오던 내가 부축하여 간신히 일으켰는데 다리에 고통을 느끼면서 고맙다고 하면서 아픔을 참으며 애기가 무사하니 다행한 일이라는 듯이 의연히 가던 모습을 보고 모성애란 바로 자기를 희생하면서라도 자식을 지키는 위대하고 아름다운 큰 사랑 그런 것이구나!

그동안 들었던 관념적이었던 모성애의 실체를 눈앞에서 확인하고 감탄하였던 기억은 이미 50여년이 지난 지금도 그때의 모습이 선명하게 떠오른다.

"여자는 약하나 어머니는 강하다"고 한다.

천재지변 시에 어린애기를 안전하게 보호하며 죽어간 어머니의 헌신적인 사랑을 뉴스매체를 통하여 들어본 적이 있다.

맹수의 왕인 호랑이도 새끼를 가진 어미 멧돼지를 피해 간다는 내용을 읽은 적이 있다. 사나운 짐승도 새끼에 대한 어미의 목숨을 내건 저항이 어떨지를 의식하기에 무모한 싸움을 기피하려는 것이 아니겠는가 생각된다.

자식에 대한 어머니의 사랑은 필설로 표현할 수 없이 위대하고 거룩한 것이다. 물론 자식에 대한 아버지의 사랑도 크고 위대하지만 우리가 어머니의 사랑, 즉 모성애에 익숙한 것은 대부분의 사회에서 자녀에 대한 양육과 보호는 남성이 아닌 여성이 담당하고 하고 있기 때문일 것이다.

자녀에 대한 어머니의 사랑은 이미 태어날 때부터 가지는 본능으로 남성이 끼어 들 수도, 남성의 그것과 비교할 수도 없는 거룩한 것임을 다시금 느낀다.

어린 날의 추억

누구나 즐겁고 그리운 어린 시절의 추억은 있을 것이다. 추억이란 그립고 아름다운 것이기에 "나이가 들면 사람들은 추억을 먹고 산다."는 말이 있다. 나에게도 즐거웠던 어린 시절의 추억이 많다. 내 고향은 충남의 산골 마을로 적당히 높은 뒷산이 병풍처럼 둘러 있고 산자락과 평지가 시작되는 넓은 밭 사이엔 마을이 학의 날개같이 수평으로 길게 자리 잡고, 밭을 지나면 그 앞으로는 넓은 들판이 전개 되어 있는 그림 같은 마을이다.

산골이지만 2km쯤 가면 기차역도 있어서 아침과 저녁으로는 기적소리가 아련하게 들려오는 마을로 250여 세대에 마을 주민 1,200여명이 살고 있었는데 그 중에 어린이들도 제법 많았다. 내 또래의 어린아이들이 30여명에 남자들이 15명 정도 되었다. 그래서 일요일이나 방학 때엔 언제나 10여명 정도는 모이기 때문에 계절 따라 재밌는 놀이를 하며 지냈다.

얼음이 녹고 따스한 봄철이 찾아오는 4월 초순이 되어 뒷산의 진달래가 피고 보리 싹이 파랗게 돋아나며 쪽파가 제법 커질 무렵이면 동네는 어른들을 중심으로 청년들, 고등학생, 중학생, 초등학생 등의 대여섯 그룹이 적당한 날에 밥솥과 반찬거리를 장만하여 뒷산으로 화전花煎놀이('화류놀이'라고도 했다)를 떠나서 하루 종일 노래도 부르며 즐기다가 해질 무렵 집에 온다.

어른들은 동네의 장구, 북, 꽹가리 등을 가지고 가서 풍물놀이를 하면서 즐기고 청년들과 중, 고등학교 형들은 산에서 칡뿌리를 캐어 씹어 먹으면서 시간을 보내며 우리 같은 초등학생 들은 산에서 흐르는 개울에서 가재를 잡아서 각 집에서 가져온 달걀과 파를 넣고 산기슭 밭에서 캐온 달래를 넣어서 된장국을 끓이고, 진달래꽃을 넣어서 꽃 밥을 지어 맛도 모르고 먹으면서 재밌게 마음껏 놀다 보면 짧은 봄날은 쉽게 지나간다. 뒷산의 골이 깊어 개울은 언제나 깨끗한 물이 흘러서 큰 돌 밑에 숨어 있는 거무스름한 가재는 끓이면 빨갛게 변하여 된장국의 맛을 단번에 바꾸어 놓는다.

이때가 되면 우리 어린이들은 밥 짓는 방법 그리고 국이나 찌개를 끓이는 요령을 각자 어머니나 누나한테 배워서 대충 흉내는 내보는 것이다.

맛이야 집에서 먹는 것과 비교 될 수가 없지만 따뜻한 봄날에 모처럼 동네 친구들과 산에 와서 즐겁게 가재도 잡고 진달래꽃도 따던 추억은 지금 생각해도 즐겁고 그립다. 이 화전놀이는 마을에 오랫동안 전래되어 오던 풍습이었다.

7월 하순이면 고대하던 여름 방학이 시작된다. 방학은 무조건 좋았다. 방학 숙제가 있고 부모님들의 심부름이 있지만 학교생활이란 규칙적이고 묶인 일상에서 해방 되었으니 얼마나 자유롭고 편한가! 학교 다닐 때도 하루의 수업이 끝나고 집으로 올 때는 친구들과 책보를 허리나 어깨에 둘러매고 달리기 경쟁이라도 하듯이 약 2km 되는 거리를 쉬지 않고 뛰어서 마을에 도착하곤 하였는데 장난치며 함께 놀던 친구와 집으로 가는 게 좋았기 때문이었다.

7월 하순에서 8월말까지 이어지는 방학기간은 년 중 가장 무더운 때다.

그래서 12시에서 오후2시까지는 가장 무덥기에 어른들도 일손을 멈추고 그늘에서 쉬면서 낮잠을 자다가 2시 이후에 일터로 나가는데, 방학을 맞은 어린이들도 이 시간에는 적당히 쉬다가 2시경부터는 이쪽저쪽에서 나타나 마을 가운데 있는 느티나무 아래에 모였다가 가까이 있는 저수지로 달려가서 마구잡이 수영을 한다.

저수지 가운데는 깊어서 접근할 엄두를 못 내고 뚝 가까운 얕은 곳에서 수영을 하고 물장구도 치면서 지내면 더위는 멀리 떠나버린다.

그런데 우리보다 너 댓살 위인 짓궂은 형이 있었는데 어느 샌가 다가와서는 수영을 배운다고 허우적거리는 우리 머리를 양손으로 눌러서 물속으로 집어넣곤 했다 (이것을 '물꼬잡이'라고 불렀다). 기절할 것 같아 소리 지르며 발버둥 칠 때야 물속에서 꺼내준다. 얼마나 그 형이 밉고 겁이 나는지 대부분의 친구들은 물놀이를 허겁지겁 끝내고 밖으로 나오지만, 어떤 녀석은 요리조리 그 형의 못된 짓을 피하면서도 수영을 계속한다.

그 짓을 당해보지 않은 친구가 없었고 나도 몇 차례 곤혹을 치렀는데 사실은 그 때문에 물에 대한 무서움이 적게 되었고 초등학교 때 수영을 배우게 되었다. 물 밑바닥에는 진흙이 있고 고여 있는 깨끗하지 않은 물이라 쑥을 비벼서 귀를 막고 물놀이를 하였지만 방학이 끝날 무렵에는 귓병으로 고생하며 읍내를 다니며 치료를 받기 일쑤였다.

여름 방학을 마치고도 하교 때엔 여전히 집을 향하여 달리기를 하면서 얼마동안을 보내면 들판의 벼 이삭은 익어 가고 산에는 단풍이 물들고 감나무엔 홍시가, 밤나무에서 알밤이 떨어질 무렵이면 추석명절이 찾아온다.

　이때부터 벼 타작이 시작되는데 달이 밝으면 우리 또래 10여명은 동네의 넓은 마당에 모여서 공놀이, 숨바꼭질을 하면서 집 밖에서 서성댄다. 이런 모습을 보고서는 우리들 보다는 일곱, 여덟 살 나이 많은 형들이 나타나서

"얘들아, 선물 줄게 씨름 한판 하자."

하고는 두 줄로 서게 하여 편을 만들어 주고 씨름 심판을 해 준다. 1등~3등까지 주는 상품은 크고 잘 익은 알밤이다.

　그들은 계획적으로 씨름을 시키려고 마을에서 굵은 알밤을 주어온 것 같았다. 우리는 선물 받을 욕심으로 있는 힘을 다해 씨름을 했는데 구경꾼이나 씨름을 하는 우리들이나 생각이상으로 재미가 있었다.

　어린 나이에도 나는 읍내의 씨름 시합에서 봤던 "시작"소리와 동시에 재빨리 상대방의 뒷부분 혁대를 잡고 어깨로 등을 누르는 '소꼬리 작전'을 생각하여 2차례나 우승하여 큰 알밤을 집에 와서 식구들에게 보이며 자랑했던 기억이 새롭다.

　알밤이야 아침 일찍 마을 어귀 밤나무 밑을 찾으면 제법 주울 수가 있지만 시합하여 힘들게 얻은 알밤은 유난히 크고 맛있어 보였다. 그 형들이 주선하였던 씨름 시합이 가을 이때쯤 몇 차례 있었다고 기억된다.

　11월 첫눈이 내리고 12월 하순이 되면 긴 겨울 방학이 시작된다. 나의 고향 마을은 서해가 가까운 곳이라서 눈이 자주 내렸고 한번

내리기 시작하면 다닐 수 없을 만큼 큰 눈이 내리는 경우가 많아서 심지어 방학이 며칠 더 연장된 경우도 있었다.

여름 방학은 주로 밖에서 시간을 보내지만 겨울 방학은 실내에서 시간을 보낸다.

겨울 방학엔 동네친구 십여 명이 주로 두 친구 집에서 놀며 시간을 보냈는데 그 집들은 식구가 적거나, 방이 많거나, 친구의 어머니가 인자하시고 너그러운 집이었다.

우리는 아침을 먹고 열시쯤 되면 하나 둘씩 모여들기 시작하여 대개는 7~8명이 모이는데 성원이 되면 점심을 건너뛰며 전반전에는 윷놀이를 하다가 오후에는 성냥개비 따먹기 화투치기를 한다. 그때에는 라이터도 없어서 아궁이에 불을 피우거나 어른들 담배 필 때 성냥개비가 요긴하게 쓰여서 성냥개비는 가치 있는 상품이었다.

추운 날이나 눈이 내리는 날에는 실내에서 보내고, 날씨가 약간 풀리거나 맑은 날이면 썰매 타기를 하였다. 동네 가까운 논에 병충해를 예방하기 위해 겨울철 논에 물을 담아 놓는데 이곳은 얼음이 깨지는 경우도 없고 물이 깊지 않아서 위험하지도 않다. 그런 반면에 얼음이 매끄럽지는 않지만 썰매 타기에는 그런대로 좋았다.

정신없이 놀다가 저녁때가 되어 끝날 무렵에는 옷이 젖고, 미끄러지고 넘어져서 발이 아프고 손이 시려서 매우 추었지만 그래도 친구들과 헤어짐이 아쉬웠다.

큰 마을이라서 연령대 별로 또래들이 많아서 어울려서 즐길 수 있었던 것이 얼마나 큰 혜택이었던지 새삼 느낀다. 지금도 가끔 찾아보는 고향엔 어린이나 젊은이는 없고 60~80대의 노인들 만 살고 있을 뿐 많은 집들이 빈집으로 남아 있고 그마저 허물어져 빈터만

남아 있는 곳도 많다.

어김없이 사계절은 찾아오고 이제는 인적이 사라진 대지에 찬바람만 불고 잡초만 무성하여 썰렁한 마을이 되었지만 산모퉁이에서 은은히 들려오던 어른들의 풍악소리를 시작으로 계절에 따라서 즐겼던 그 시절의 추억은 지금도 머릿속에 생생하다.

우정, 그 향기로운 빛

우정이란 친구사이의 정情, 호감과 애정이 관련되어 있는, 서로 친밀한 사람들 간의 관계인데 그것은 유동적이고 자발적인 특성에 의하여 특징 지워지고 지속성과 강도에 있어서 매우 다양하기 때문에 손에 잡힐 듯 정확하게 구체화하기는 어려운 것이다.

그러나 많은 인간관계중 친구 간에 아름다운 우정은 남녀 간의 사랑관계보다 한 차원 높은 관계라 생각하며 역사상의 진실한 우정 관계를 가졌던 인물들을 찾아보고 이를 반추하여 봄으로써 나를 돌아볼 수 있는 계기가 되었으면 한다.

오스트리아 출신의 철학자이자 신학자이며 위대한 사상가인 이반 일리치(Ivan Illich 1926~2002)가 어느 인터뷰에서

"현대의 과학 문명이 인간의 삶을 심각하게 조작하는 바람에 우정이 점점 희박해지고 있다"고 지적했다. 그리고 "나의 존재가 누군가에게 선물이 되지 못하면 나는 온전한 인간이 되지 못한다고"고 강조했다.

그의 표현에 따르면 우정이란 '서로에게 온 존재를 기울여 선물이 되어주는 마음, 그런 향기로운 관계의 빛'이라는 것이다.

그런 아름다운 관계의 빛을 다윗과 요나단의 이야기에서 찾을 수 있다.

사울왕의 아들 요나단은 그 당시 최고의 엘리트였고, 다윗은 시골 베들레헴 출신의 양치기였습니다. 다윗은 블레셋의 거인 골리앗을 죽인 후 국민들의 스타가 되었지만 그의 인기로 인하여 사울왕의 질시를 받아서 오히려 괴로운 인생이 되었다.

요나단은 친구의 목숨을 노리는 아버지, 최고의 권력자인 왕에게 맞서 친구 다윗을 보호한다. 요나단은 아버지에게 막말을 듣기도 하고 그의 창에 맞아 죽을 위기를 넘기기도 한다.

그래도 굴하지 않고 광야 산간 지대에 피신해 있는 다윗을 찾아간 요나단은 말했다.

"두려워하지 말게, 자네를 해치려는 나의 아버지 사울의 세력이 자네에게 미치지 못할 걸세. 자네는 반드시 이스라엘의 왕이 될 걸세."

하며 두 사람은 우정의 언약을 맺는다. 서로에게 격려해주고 기도해주는 우정! 이것이야말로 우정이 메말라가는 이 시대에 절실한 향기로운 빛이다.

또한 중국고사에 관중과 포숙의 아름다운 우정인 관포지교管鮑之交의 이야기가 있다. BC700년경 춘추시대 제나라에 같은 고을의 관중과 포숙이 살고 있었는데 포숙은 관중보다 몇 살 위였고 관중은 가난하고 포숙은 부자였다.

장사를 같이 할 때에 관중은 포숙을 속이기도 했지만 모른 체 하였고, 관중은 전쟁터에서 몇 번을 도망쳤지만 포숙은 관중을 비난하지 않았다. 관직에서 세 번이나 쫓겨났을 때도 포숙은 관중이 능력이 없기 때문이 아니라 운이 없었다고 두둔해 주었다.

전쟁의 와중에서 운명이 바뀌어 춘추시대의 패자가 된 소백은 관중을 죽이라고 포숙에게 말하였으나 포숙은 소백을 간곡히 만류하여 자기의 재상자리를 관중에게 양보하였다. 포숙의 배려로 관중이 재상이 되어 소백이 춘추시대의 패자가 되는데 오히려 큰 기여를 하였다.

우리나라의 역사상 향기로운 우정관계도 많지만 그중에서 '오성과 한음'에 대한 이야기를 빼뜨릴 수 없다. 오성이 있는 곳에 한음이 있고 한음을 이야기 하려면 오성을 반드시 빼놓을 수 없을 만큼 두 사람은 바늘과 실 같은 절친한 사이였다.

그들의 우정은 어릴 때부터 계속된 의리의 우정이었으며, 두 사람 모두 영상까지 오른 명예로운 우정이었다.

같은 서당에서 공부하고 같은 해에 과거에 급제하고 같은 해에 결혼도 하였으며 나라의 잘못된 점을 바로 잡으려다 벼슬을 빼앗긴 점도 같았다.

오성 이항복(1556~1618 서인)은 인목대비 폐모론에 반대하다 유배되었고, 한음 이덕형(1561~1613 남인)은 영창대군 처형에 반대한 죄로 유배되어 각각 세상을 떠났다.

많은 점에서 닮은 두 사람은 나라가 어려운 때에 나라를 지킨 충신들로서 상대에게 온 존재를 기울여 선물이 되어준 우정이었다.

정적에는 친구는 말할 것도 없고 혈육조차도 없다고 하는데, 자기보다 능력 있다는 믿음을 가지고 친구의 목숨을 지켜준 요나단의 우정, 친구에게 재상의 자리도 양보한 포숙의 우정, 가문 관계로 정치적 입장은 달랐지만 위태로운 나라를 지키기 위한충정은 한 마음이 되어 서로를 지켜준 오성과 한음간의 진정한 우정은 상대에게 오래도록 온 존재를 기울여 선물이 되어 주는 향기로운 관계라 할 수 있다.

  우정은 언제나 상대를 진정으로 사랑하고 서로를 아껴주고 양보
하는 아름다움이다. 어려울 때 고통을 함께하고 기쁠 때에 더불어
기뻐하며 비가 올 때에 우산을 받쳐주기 보다 함께 비를 맞아 주는
것이다.
  이제 삶의 황혼에 접어들고 있는 이때에 나에게 과연 진정한 우
정을 나눌 수 있는 친구가 있는지, 내가 그런 친구가 될 수 있는지를
깊이 생각하면서 나를 되돌아본다.

할아버지와 손자

할아버지와 손자를 생각하면 우리는 어린 손자의 철없는 행동을 너털웃음을 띄우고 마냥 사랑스럽게 바라보며 함께 놀아주는 자애로운 할아버지의 모습을 연상한다. 성경 말씀에 '손자는 할아버지의 면류관이요. 아비는 자식의 영화니라'(잠언 17:6) 라는 구절이 있다. 손자는 할아버지의 영광이요. 아버지는 자식의 자랑이란 것이다. 특히 할아버지와 손자의 관계를 잘 표현하고 있다.

할아버지에게 손자는 가문을 이어나갈 후손이라는 인식이 있고, 자식에게는 베풀지 못했던 안타까운 마음을 보상하고 싶은 심리도 있다.

또한 나이 들면서 쌓여온 경륜으로 마음이 열려서 어린 손자가 무조건의 사랑의 대상이 되는 관계로 할아버지의 손자에 사랑은 지극하다.

우리세대 이전의 할아버지들은 손자는 장차 가문을 이어나갈 소중한 줄기라는 개념이 많았다. 특히 큰집의 맏손자는 작은 집의 할아버지들까지도 기대와 사랑의 대상이 되었다. 그런 이유로 그 부모나 손자는 베푸는 사랑에 따른 부담도 컸다. 하지만 가문의 큰 손자들은 기대와 사랑을 많이 받아서 그런지 대부분 침착하고 공부도 잘하고 성공하여 가문의 자랑이 된 경우를 많이 보았다.

나의 큰집 형님은 결혼을 일찍 하여 위로 두 딸을 낳고 세 번째 아들을 낳았다.

　장손을 보니 둘째이신 부친과 셋째이신 작은아버지는 큰집 큰조카의 아들을 장손이라며 얼마나 귀하게 여기시는지 그 당시에 중학생인 내가 보기에도 이상하게 생각 될 정도로 집안의 큰 손자에 대한 사랑과 기대가 대단하셨다.

　우리들 6남매를 키우면서 선친께서는 자녀들을 업어주거나 안아주신 경험이 별로 없을 정도로　마음을 쉽게 나타내지 않은 성격에 자식에게는 엄하게만 키운 분이셨다. 그런데 내가 첫 아들을 보게 되니 부친께서는 얼마나 좋으신지 수시로 안아 주시고 가끔은 기저귀도 갈아 주시며 손자를 매우 귀여워하셨다.

　그런 모습을 보면서 누님이나 동생들은 '아버지가 저런 모습도 있는 분이구나!' 하면서 뒤에서 수군거리며 농담하던 모습이 지금도 선연하다.

　이렇게 할아버지에게 손자는 무조건 귀엽고 사랑스런 존재다.

　부모에게 자식은 진실로 소중하지만 매사에 올바로 기르고 교육을 시켜야하기 때문에 무조건 사랑만 해줄 대상은 아니다. 그래서 꾸중도하고 매질도 하게 된다.

　막내 고모님은 아들만 하나를 낳고 고모부께서 일찍 돌아가셨다. 사돈 할머니가 계셨는데 그 분은 손자를 애지중지 귀여워하며 기르셨다. 고모님은 냉정하시고 엄격한 분이라서 아들이 잘못한 경우는 교육상 냉철하게 꾸짖고 회초리도 서슴지 않았다.

　이런 모습을 할머니께서 보시고 며느리를 말리고 냉큼 손자를 데리고 밖으로 나가시는 모습을 본적이 있었다.

　부모와, 할아버지 할머니가 손자를 바라보는 모습은 다른 점이 있음을 느꼈다.

　내가 65세 되는 어느 날 여름에 인천터미널역에서 잘 익은 포도를 사려고 하고 있는데 옆에 있던 부인이 딸에게 하는 말이
"애야 할아버지께서 먼저 고르시도록 양보를 해드려라."
하는 소리를 듣고 나아닌 다른 사람에게 하는 말인가 하고 뒤로 바라보니 나를 보고하는 소리였다.
　그때 할아버지라는 소리가 얼마나 생소했는지 모른다. 그런 일이 있은 지 두 달 후에 외손자가 태어났는데 그 후로 나도 '할아버지' 소리가 자연스럽게 들리게 되었다.

　아마도 손 자녀가 없는 나이든 분들은 할아버지, 할머니 소리가 어색하고 낯 설은 소리로 들릴 것이다. 나이와는 별도로 손자가 있는 어른을 할아버지로 인정하고 그렇게 호칭하는 것이 자연스러운 것이 아닐까 생각된다.
　어느 정도의 나이가 되어 직장이나 일터에서 은퇴하게 되고 마땅히 할 일도 없는 때가 되면 반갑고 즐거운 것은 손자의 재롱을 보면서 사랑을 하게 되는 것이다.
　손자로 인하여 분가한 아들을 찾아보거나 전화할 명분도 있고 또한 출가한 딸에게 전화를 하면서 안부도 확인하게 되어 멀어지거나 잊어버리는 딸과의 연락을 하게 되는 명분도 있다.
　나이 들수록 소원하고 서먹한 부부사이도 손자를 찾아볼 경우에는 자연스럽게 동행하게 되어서 소원해질 수 있는 부부관계의 일체성을 찾을 수 있는 계기도 된다.

　손자가 있으니까 지나가는 다른 아이들에게도 새로운 관심을 가

지게 된다. 할아버지가 안고 가거나 할머니가 업고 가는 아기를 보거나, 아장아장 걸어가는 아기를 보면 우리 손자보다 약간 어리다, 또는 우리 손자보다 몇 개월 빠른 애기구나 생각하며 기준은 오직 자기의 손자가 된다.

나는 7년 전 늦은 나이에 외손자를 보게 되었다.

건강하고 잘 자라 올해에 초등학교를 입학한다. 그때부터 진짜 할아버지가 되었고 할아버지란 소리를 자연스럽게 소화하게 되었다.

그동안은 딸 내외와 명절이나 생일날에만 만나거나 통화를 하였는데 손자를 생각하면 수시로 전화하는 것이 딸이나 사위도 자연스런 것으로 이해되고 있다.

특히 명절 때는 반드시 우리 집을 찾게 되었다. 딸이나 사위에게는 본의 아니게 새로운 의무가 부과된 셈이다.

어려서는 잘 안기곤 하던 녀석이 돌 무렵이 되니 나를 보면 무서워하고 울기에 낯 가림을 하는가 생각 하였다.

사위의 설명에 따르면 가끔 들르는 병원의 소아과의사가 안경을 썼는데 안경을 쓰는 사람만 보면 무서워하고 울려고 한다고 하여 서운하지만 이해를 했던 적이 있었다.

잘 따르고 업히던 아기가 갑자기 무서워하고 피하는 모습을 볼 때는 어디 불편한 곳이 있어서 그런지 걱정도 하였을 정도로 사랑과 관심을 많이 가지게 되는 것이 할아버지와 손자의 관계인 것 같다.

요즈음은 많은 할아버지가 손자의 사진을 스마트폰에 담아 가지고 다른 사람이나 친구들에게 보여주면서 은연중에 자랑을 하는 분위기로, 손자들이 이미 많이 자랐거나 아예 손자가 없기에 그런 사진이 없는 사람을 부럽게 하는 추세다.

우리가 자식들을 키울 때는 지금 같이 사진을 담아서 필요시 보여줄 여건이 아니었다. 설령 가능하다고 하여도 사진을 보여주면서 자식을 자랑하고 즐거워하는 것은 왠지 낯설어했을 것이다.

그러나 손자에 대한 자랑은 얼마나 당당하고 즐거운 것인지 모른다.

우리말에 '내리 사랑' 이란 말이 있다. 부모의 자식에 대한 사랑이야 비길 데가 있겠는가! 하지만 아버지는 아들에 대하여 칭찬에는 매우 인색하고 꾸지람이나 지시하는 것이 익숙한 것이 사실이다.

그것은 아마도 자식에 대해서는 욕심이나 기대가 많기에 사랑보다는 교육적인 입장에서 훈계나 꾸지람을 앞세우게 되는 것이라 생각된다.

그러나 손자에 대하여는 교육적인 책임과 걱정은 부모인 자녀들이 있기에 걱정할 것이 없고, 세상을 많이 살아온 경륜이 있어서 장차 가문을 이어갈 어린 손자가 무조건 귀엽고 예쁘게만 보이고 사랑의 대상일 뿐이다.

세상을 호령하던 역사상의 명장이나 명재상들이 어린 손자를 안고 귀여워하는데 안고 있는 손자가 할아버지의 길게 자란 하얀 수염을 잡고 늘어져도 싫어하지 않고 귀엽고 사랑스러워 껄껄대고 웃는 모습을 드라마에서 보았을 것이다.

그런 것이 할아버지와 손자의 관계다.

낙엽을 쓸며

봄철에는 온갖 색상의 꽃을 연상하듯이 가을이 오면 산야를 각종의 색상으로 물들이는 단풍을 생각하게 된다. 꽃과 단풍은 삶의 애환에 울고 웃는 많은 사람들이 발길을 멈추고 바라보며 잠시라도 고뇌를 잊게 하는 관심의 대상으로 우리에게 주어진 자연의 혜택이다.

봄철에 아름다운 꽃들이 사라지면서 초여름부터 찾아오는 신록의 무성함은 우리에게 시원한 그늘을 제공하고 대도시의 차량 소음과 매연을 다스리며 의연히 그 존재를 드러낸다. 그런가 하면 어느새 가을이 찾아와 시원한 바람이 불면 푸른 기운은 서서히 사라지고 울긋불긋 고운 빛깔로 변하여 존재하다가 소슬히 불어오는 시원한 바람에 한잎 두잎 떨어지기 시작한다.

어김없이 찾아오는 가을 단풍이요 낙엽이다. 이러한 가을 낙엽은 각종의 나무를 가꾸는 도시의 주택이나 아파트 단지들, 그리고 큰길의 가로수를 돌보는 사람들에게는 낙엽처리에 대하여 고심하며 나름의 준비를 해야 한다.

시골의 산과 들판의 낙엽은 적당한 곳에 떨어진 후에 말라서 가랑잎이 되거나 바람에 날려서 이리저리 굴러다니다가 썩어서 자연으로 돌아간다. 떨어져 굴러다니거나 모여서 쌓이거나 그것은 자연의 일부요, 썩으면 남아 있는 생명체의 자양분이 되기에 결코 쓸거나 치워야할 대상은 아니다.

반면에 도시에서의 낙엽은 쓸어서 나무주변에 모아 두거나 또는 적당한 방법으로 보관한 후에 수집차량에 실어 보내야하는 담배꽁초나 폐 종이류와 같이 치워야할 일종의 잡쓰레기이다.

보통 10월 중순부터 11월 하순까지 지속적으로 떨어지는 낙엽은 농촌이 아닌 도시에서는 이것을 처리하는 것이 매우 힘들고 어려운 일이다.

낙엽은 가로수로 많이 심겨진 플라타너스 및 오동나무, 감나무 잎과 같이 큰 것이 있고, 도시에서도 흔히 볼 수 있는 벚나무나 은행나무 잎, 작지만 다닥다닥 많이 달린 느티나무 잎이 가을 낙엽의 대표적인 것이다.

특히 느티나무 잎은 아침저녁으로 아파트나 집주변의 길이나 바닥을 연노랑 색으로 온통 뒤 덮어서 모른 체 하고 방치할 수 없는 귀찮은 존재다.

시간이 지나서 자연스레 떨어지는 낙엽의 경우는 대나무 빗자루로 쓸 면 잘 쓸어 진다. 하지만 떨어질 때가 아닌데 거친 바람으로 인하여 떨어진 낙엽은 아직 마르지 않고 엽록소가 남아 있어서인지 땅에 쩍 달라붙어서 빗자루로 모질게 쓸어야 하고 때로는 손으로 떼어야 치울 수 있는 것이 있다.

이런 낙엽을 볼 때면 마치 생을 연장하기에 악을 쓰는 생명체를 보는 것 같아서 순간적으로 손으로 떼어내면서까지 모질게 쓸고 치우기를 멈춘 경우도 있다.

무더운 여름에 쉴만한 그늘과 깨끗한 공기를 선물로 주던 고마운 것들인데 시간이 지나 거리의 낙엽으로 어지럽게 떨어져서 치워야

할 쓰레기가 되었다고 하여 귀찮게 취급을 해야만 하는가?

반면 힘들다고 낙엽 치우기를 외면해 버린다면 무거운 차바퀴에 깔려서 앙상한 잎줄기만 남거나 수많은 사람들의 발자국에 밟혀서 만신창이가 될 것이란 생각도 든다.

기왕에 쓸 바엔 봄과 여름동안 푸른 잎이나 그늘로 제 할일을 감당했던 고마운 낙엽을 잘 쓸어 담아서 길에서 짓이겨지지 않도록 한 잎도 남김없이 처리해야겠다고 생각했다.

모든 생명체는 나름의 삶을 유지하며 이 세상에 존재하다가 때가 되면 삶의 끈에서 떨어져 나간다. 살아가는 동안에 삶을 유지하기 위한 수단으로 몸통은 필요한 지체를 만들어 내고 유지하다가 버리게 된다. 동물들의 털이 대표적이라 할 수 있다.   나무들은 꽃이나 이파리를 유지하다가 필요할 때 이것들을 떨군다. 일부 식물들은 잎이나 줄기를 유지하다가 때가 되면 뿌리만 남겨서 연명하고 잎이나 줄기를 버리기도 한다.

이렇게 부득불 버리게 되어 떨어져 나간 지체도 일정한 시간과 과정을 거쳐서 생명의 끈을 놓아가는 것이 아닌가 생각된다.

땅속에서 캐낸 고구마와 감자는 일정한 기간이 지나야 더욱 맛이 나고, 나무에 달린 과일도 나무에서 따거나 떨어진 후 일정한 시간이 지나야 제 맛이 있다고 한다.

사람들은 이것을 숙성기간이라고 말하는데 그것은 고구마와 과일 등 먹거리를 잣대로 하는 인간들의 표현이며 사실은 떨어져 나온 지체인 먹거리 들이 삶을 완전히 내려놓는 일종의 과도기가 아닐까?

생생하던 여름철의 무성함을 잃어버리고 형형색색으로 변하여 나무에 붙어 있는 나뭇잎. 가을의 진객이 어찌 단풍과 낙엽뿐이겠는가! 가을은 또한 결실의 계절로 황금물결의 들판, 아름드리 익어가는 밤과 사과 감 등 각종의 과실, 국화 코스모스 등의 가을꽃들, 높고 푸른 하늘은 실로 우리를 즐겁게 하는 가을의 정취다. 그런가 하면 늦가을 서늘한 바람에 우수수 떨어지는 낙엽은 고독과 우울함을 느끼게도 한다.

　가을은 좋은 계절이라서 가을에 가지게 되는 여러 상념들과 우리를 즐겁게 하는 정취들이 많지만 그래도 가을을 가을답게 하는 것은 역시 단풍과 낙엽이 아닌가!
　낙엽은 타는 냄새도 좋아서 갓 볶아 낸 커피 냄새에 비유한 이효석의 수필을 생각하며 낙엽이 사라지고 가을이 가기 전에 고운 나뭇잎 몇 개라도 주워서 책갈피에 잘 보관하며 의미 있는 계절을 보내고 싶다.

보리밭

한해를 보내고 새해를 맞이하면서 눈보라와 혹한의 매서운 추위 와중에 맞이하는 명절인 설이 지나면 얼었던 강물이 서서히 녹아서 흐르는 약한 물소리를 듣노라면 우리는 자연스레 봄을 기다리게 된다.

나는 어려서부터 봄의 확실한 전령은 보리밭의 푸른 물결이라 생각했었다. 그러나 지금은 보리의 재배는 유휴지 활용 정도로 인식될 만큼 현저히 줄어서 진달래와 개나리가 피어야만 진정으로 봄을 노래하고 즐긴다.

봄의 향기인 보리밭에 대한 추억이 점점 사라져 가는 현실이 매년 봄을 기다릴 즈음이면 나를 매우 안타깝게 한다.

가을에 뿌려놓은 보리의 씨앗은 뿌리를 내리고 싹을 틔울라 치면 매섭게 찾아오는 한파와 짓궂게 쏟아지는 눈 세례에 생육을 중단하고 월동 상태로 들어간다.

월동직후 성장을 시작하여 보리 싹이 눈 사이로 파란기운이 보일 듯 말듯 하다가 3월이 오면 제법 자란 파란 보리 잎이 바람결에 힘없이 흔들리는 모습을 보게 된다.

눈이 많이 오면 이불과 같은 역할을 하여 모진 한파 강한 찬바람에도 잘 견디고 자란 보상으로 영양이 풍성한 보리는 우리의 여름 밥상을 알차고 풍성하게 하는 주요한 곡식이다.

보리는 서남아시아에서 많이 재배하며 우리나라를 비롯하여 동아시아에서도 재배를 한다. 10월 상.중순에 씨를 뿌리고 이듬해 초여름 6월 상.중순에 수확하는 가을보리가 대부분이지만 동아시아에서는 봄에 파종하고 가을에 수확하는 봄보리도 있다.

우리민족의 주요한 곡식으로 사용할 만큼 예전에는 많이 재배하였다.

그러나 보리는 가난한 사람들이 주로 먹는다는 잘못된 인식과 보리밥 기피 심리로 요즘은 재배가 급격히 줄어들어서 맥주보리를 제외하면 식량으로 사용하는 보리 재배는 매우 드물다. 보리는 주로 밭에서, 쌀은 논에서 경작하므로 보리는 쌀 보다 생산량이 훨씬 적다. 논이 많은 농가는 부유하고 논이 없거나 적은 농가는 상대적으로 가난하여 쌀이 부족한 춘궁기에 어려운 사람은 보리가 많은 보리밥이나 아예 보리만 있는 꽁보리밥을 먹게 되기에 보리밥은 가난한 사람이 먹는 식량이라는 인식이 많았다.

60년대 우리가 초등학교 시절에 점심을 집에서 싸가지고 학교에서 먹었는데 보리가 많은 도시락을 가져온 학생은 부끄러워서 몰래 숨어서 먹고 쌀밥을 싸온 학생은 자연스럽고 떳떳하게 먹은 사실을 지금 60대 이상의 사람들은 생생히 기억한다.

경제 공부에서도 재화의 우등재와 열등재의 분류에서 쌀은 우등재요, 보리는 열등재 라고 설명하면 모두가 쉽게 이해한다.

사실 새하얀 낱알과 먹기 부드러운 쌀밥에 비하여 누르스름한 색에 씹기에 약간 껄끄러운 보리밥이 좋을 수가 없겠기에 어린이들이나 부잣집은 보리밥 기피현상이 있었다.

우리가 어렸던 시절에 보리에 대한 인식은 소화가 잘되고 차가운

성질을 갖고 있어 쌀이 귀한 여름철의 음식이었다. 다만 각기병 환자는 쌀밥보다 보리밥을 먹어야 한다는 정도의 음식으로만 알았다.

하지만 쌀에 없는 풍부한 식이섬유 등의 몸에 좋은 영양분이 보리에는 많다는 사실을 알게 되면서 보리밥기피 현상은 이제는 철없던 어린 시절의 인식일 뿐이다.

요즈음은 보리의 효능이 많이 밝혀지면서 건강을 생각하여 보리 현미 콩 등의 잡곡밥을 선호한다. 또한 보리밥을 나물과 함께 비벼 먹으면 영양가도 풍부하고 맛도 좋아서 여름철의 특식으로 찾는 사람이 많다.

보리에는 섬유질이 풍부하여 변비예방과 다이어트에 효과가 크고, 혈관 질환개선 성인병예방 피로회복, 간 기능개선 등, 쌀밥에서 찾을 수 없는 많은 효능이 있어 보리밥에 대한 인식이 많이 개선되고 있다. 보리는 쌀에 비교하여 결코 열등재가 아니다

보리는 쌀에 비하여 경작하기 매우 수월하다. 가을에 씨를 뿌리고는 초봄에 보리밭을 밟아 주고, 늦은 봄에 잡초를 뽑아주며 이삭이 나서 익을 무렵에 병충해인 깜부기 이삭만 잘라내면 된다. 사람의 손길이 벼농사에 비하여 훨씬 적게 든다.

그중 보리밭 밟기는 어린이들의 몫이다.

초봄에 낮에는 따뜻하여 얼음이 녹고 밤에는 추워서 땅의 물기가 얼어서 날카롭고 뾰족한 서릿발이 돋아 보리의 뿌리를 땅에서 들어 올려 그대로 방치하면 시들어 죽게 되기 때문에 발로 파란 보리 싹을 밟아 주는 것이다.

친구들 몇이 오늘은 이집 내일은 저 집 보리밥을 밟아 주는데 힘도 안 들고 재미도 있어서 초등학교 봄 방학 때는 어른들 농사일을 돕는 다는 기쁨으로 열심히 보리밭 밟기를 하였던 기억이 새롭다.

뛰거나 힘들이지 않고 가볍게 골고루 밟아야 했다.

지루한 생각이 들면 뛰어 다니고 누어서 굴러 보기도 하다가 어른들한테 야단을 맞은 경우도 많았다.

보리는 벼나 밀과 달리 이삭이 누렇게 익으면 강하고 매우 껄끄러운 가시가 보리나락을 감싸듯 사방으로 줄지어 돋아있다.

가시의 역방향으로 살에 긁히면 상처가 나기도할 정도로 날카롭다. 잘못하다가 가시의 일부라도 입으로 들어가면 혀를 움직이는 대로 자꾸 목구멍 안쪽으로 들어가게 되기에 어린이들은 익은 보리밭에는 절대로 따라오지 못하게 한다.

내가 초등학교 5학년, 6월경으로 기억되는데 군 복무하는 큰 집의 형님이 휴가차 집에 왔으니 건빵 한 봉지를 가져다 먹으라고 연락이 왔다.

가까이 있는 큰집에 가다가 보리밥을 지나가는 도중에 이삭을 손에 건드리면서 갔는데 잘못하여 가시가 입에 들어가서 혀를 움직이니 목구멍으로 자꾸 기어들어가는 것이었다.

건빵은 고사하고 병원으로 실려 가야될지도 모를 상황이 되었다. 어린 마음에 얼마나 겁을 먹었던지 길에 맥없이 주저 앉아서 입에서 침만 흘리고 혀를 움직이지 않고 조용히 있다가 이렇게 있으면 어쩌지 생각하다가 입을 벌리고 손가락을 살며시 입에 넣어 보니 가시가 잡혀지는 것이다.

손가락으로 가는 가시를 잡고 살짝 잡아당기니 혀에 침이 많아서 그런지 가시가 혀에서 잘 빠져나와서 다행스럽게도 위험한 고비를 넘기게 되었다.

눈물을 닦고 큰집에 가서 건빵 한 봉지를 받아 집으로 달려와서

거울 앞에서 입을 벌리고 쳐다보니 입안에 아무것도 없기에 안심하고 물을 마시고는 가족들과 건빵을 맛있게 먹던 기억이 아직도 생생하다.

너무도 무서웠던 기억이라 그 순간을 잊을 수 없다. 그 당시 건빵은 군 복무자들이 휴가 나올 때에 가져오는 좋은 선물이었다.

건빵 먹고 싶은 간절한 소망이 어려웠던 순간을 견디어 냈다고 생각해 본다.

논은 집에서 약간 떨어져 있지만 밭은 집 부근 있기 때문에 학교에 오가는 길이나 친구 집에 놀러 가다가 수시로 밭에서 자라는 작물을 보게 된다.

그 중에서 겨울 방학 끝나고 학교에 갈 때면 눈 속에 덮여 있던 벌판에 파란 보리가 어느덧 자라서 바람결에 이리 저리 흔들리던 모습을 보면서 자랐다.

요즈음은 이때쯤 고향을 찾아도 예전의 그런 모습은 전혀 찾아볼 수 없다.

몇 해 전에 여수 석유화학 단지를 방문할 기회가 있어서 호남 고속도로를 왕복하는 도중에 우리나라 곡창지역인 전라도를 지날 때 어릴 적 3~4월에 보고 자랐던 파란 잎의 보리가 바람결에 이리저리 휘날리는 신선한 모습을 보며 얼마나 반가웠는지 모른다.

사라져 버린 줄 알았던 파란 보리가 의연히 바람결에 나부끼고 있는 모습에서 어릴 적의 추억을 떠올리면서 내가 이 땅에 여전히 살아 있음에 감사를 했다.

올해는 꼭 한번 곡창 지역의 보리밭을 탐방 하여 보자고 다짐하여 본다.

3부

첫눈 내리면 생각나는 것들

우 물

　나에게 아련하고 정겹게 떠오르는 것 중에 하나가 고향의 우물에 대한 추억이다.

　언제나 맑고 깨끗한 물이 흘러넘치는 그리 깊지도 크지도 않은 우물이었다.

　약간 언덕인 500여 평 되는 큰대나무 숲을 배경으로 아랫부분 대나무 숲이 끝나는 곳에 깊이 1.5m, 지름은 2m 정도 크기로 주변은 큰 둘레석이 있고 바닥은 깨끗한 굵은 모래로 되어 있는 천연 우물이다. 몇 가지 특징적인 것이 있어서 마을 여러 개의 우물 중에 가장 좋은 우물로 사랑을 받았기에 지금도 찾아가 마시고 싶은 우물이다.

　이 우물은 내가 자라던 60여 년 전이나 지금이나 한 번도 물이 줄거나 마른 적이 없다고 한다. 여름에는 얼음물 같이 시원하고 추운 겨울에는 보일 듯 말듯 한 김이 날 정도로 가까이 흐르는 차가운 개울물과는 다른 미지근한 깨끗한 물이었다.

　그 좋은 물의 이유를 마을 사람들은 뿌리가 길고 넓게 퍼지는 큰 대나무 숲 때문일 것이라 생각하였다.

　1950~60년대에는 대나무가 잘 자라서 년 중 늘 푸른 대나무 숲이 있었기에 그런 생각이 옳다고 여겼다. 그러나 1970년대 이후에 우물 주변의 대나무를 비롯하여 마을의 곳곳에 많던 신우대와 왕대

나무가 꽃이 피고 푸른 잎이 마르더니 3~4년 사이에 전멸되었다.

우물 주변의 왕성하던 왕대나무 밭은 언덕진 바닥만 드러나고 결국은 우물만 덩그러니 자리하고 있는데도 여전히 여름에 시원하고 겨울에 차지 않은 물이 흘러나오고 있다. 어린 시절부터 몇 년 전까지도 왜 그럴까 의문점이 있었다.

집에서 음 용수나 설거지 등 물의 쓰임이 많아 날마다 아침저녁으로 물을 길어다 큰 물통에 보관해서 사용한다.

집에서 우물까지가 비탈이 있고 멀어서 매일 수시로 길어다 먹기에 힘들고 불편하여 선친께서 수맥을 예측하여 집안 마당에 5m 깊이의 우물을 파서 1년 정도 사용하였다. 그 후에 건기가 되니 물이 마르고 수질이 나빠져서 결국은 우물을 메우고 공동우물을 이용하게 되었다. 그런 경험을 하니 깨끗하고 마르지 않는 그 공동우물의 가치와 신비한 의문점은 잊을 수 없는 추억으로 남아 있었다.

우리의 몸은 단백질, 지방, 무기질, 수분으로 구성되어 있는데 그 중의 65~70%가 수분으로 우리가 매일 마시는 물로써 필요한 수분을 유지한다. 사람들은 오염된 물을 마심에 따라서 수명이 단축되지만 항상 깨끗한 생수를 마시면 천수 120세까지 건강히 살 수 있다고 한다.

년 중에 비슷한 량의 깨끗한 물이 꾸준히 흘러나오는 이 우물물이야 말로 천수를 누릴 수 있는 생수가 아닐까 생각된다.

우물은 마을 사람들의 만남의 장소이기도 하였다. 얼마간은 흘러버릴 줄 알면서도 물동이를 가득 채워 고샅길을 물지게로 져 나르던 아버지나 청년들이 농사일의 일정과 품앗이 등의 농사일을 의논하고, 어른들은 아들 며느리 자랑을 하는 곳이다 .

그런가 하면 흐르는 물을 수건으로 닦으면서 물동이를 머리에 이고 언덕바지를 오르내리던 어머니들이나 새색시들이 만나서 서방흉을 보거나, 모진 시집살이의 어려움을 토로하고 깔깔대며 울분을 해소하는 곳인 우물은 추운 겨울날의 수증기처럼 수다가 피어오르던 곳이다.

우물은 정신적이나 육체적인 갈증을 해소 해주는 시원하고 여유로운 곳이다. 갈증의 해소는 안정감 신선함과 정겹고 여유로움을 주기 때문에 우물에서의 만남은 소중한 인연이 되는 경우가 많다.

이씨 조선을 세운 이성계와 둘째 부인 강 씨의 만남, 아브라함과 하나님의 약속의 자녀인 이삭의 배필이 될 리브가의 만남, 그리고 인류를 구원하신 예수님과 사마리아 여인의 만남은 매우 소중한 인연으로 이어졌다.

이런 만남의 사연은 동서양을 막론하고 우물로 인한 인연이나 추억은 신선하고 정겨운 것임을 알 수 있다.

몇 해 전에 친구 다섯 명이 피서 휴가차 태백을 다녀 온 적이 있었다.

지질학자인 한 친구의 안내에 따라서 한강의 발원지인 검룡소와, 낙동강의 발원지인 황지연못을 찾아 차갑고 깨끗한 엄청 많은 물이 계속 흘러나오는 것을 보았다.

특수한 지질 구조로 계절과 관계없이 비교적 일정한 물이 년 중 꾸준히 흘러나온다는 설명을 들었다. 특히 검룡소의 물은 어찌나 차가운지 흐르는 물에 30초 이상 손을 넣고 견딜 수가 없었다.

한 여름인데도 손이 너무 시려서 얼 것 같았다. 이것은 고생대 때에 생긴 변성암 구조대에서 발생될 수 있는 현상으로 우리나라에는 충청남북도와 강원도 태백에 이르는 옥천지구대가 있는데 이 지질 구조와 관련된 지역에서 계절과 관계없이 깨끗하고 맑은 물이 꾸준히 흘러나오는 샘물이 있다고 한다.

검룡소를 가보고, 지질 구조에 대한 설명을 듣고서야 깨끗하고 시원한 물이 년 간 꾸준히 샘솟아 나는 시골 우물에 대한 의문점이 풀리게 되었다.

물 좋고 공기 좋은 곳에서 태어나 좋은 우물물을 마시면서 자란 것이 새삼 축복이라고 생각하며 일 년에 한 두 차례 고향을 찾아보지만 잠깐 필요한 곳만 둘러본다. 작년에는 마음먹고 그리던 우물을 찾아 가보니 이제는 주변을 둥근 콘크리트로 쌓고 뚜껑은 나무판으로 씌워서 수중 펌프를 넣고 배관을 하여 각 가정에서 도시의 수돗물과 같이 사용하고 있는 것을 보았다.

편리함만을 추구하는 세태로 인하여 이제는 정겨운 우물이 아니라 오로지 수돗물의 공급지로 되어 버린 지금, 시원한 물을 마시며 웃고 수다를 떨던 만남의 우물은 이제 사람의 발길조차도 사라지고 말았다.

바람만 불어 대는 쓸쓸한 모퉁이는 펌프의 모터 소리만 들려오고 오가던 닳고 닳은 길엔 바람소리만 남아 있었다. 비록 우물의 사진 한 장도 남아 있지 않지만 추억만은 진하게 간직하고 싶다.

잔인했던 2019년

2019년이 가고 새해인 2020년 시작도 벌써 한 달이 훨씬 지난 지금에야 마음을 가다듬고 지난해를 되돌아본다. 나에게는 회상하기도 싫은 너무도 마음이 아팠던 한해였다. 가장 가깝게 지내던 두 친구는 인간에게 찾아오는 숙명적인 죽음으로 이 세상을 떠났고, 한 친구는 뇌출혈로 긴급 입원하여 뇌수술을 받고 반신마비가 되어 재활 치료를 받고 있으나 온전한 회복을 기대하기는 쉽지 않을 것 같은 상황으로 병상에 누워있다.

옛말에 '아홉수의 고비'라는 말이 있다. 가령 59세를 넘으면 60세인데 아무런 사고 없이 59세를 넘기기가 어렵다는 것이다.

2019년 4월8일 오후 6시경 부고 메시지를 받았다.

'신윤철님이 별세하였기 부고를 알린다. 빈소는 연대 신촌병원 장례식장'

이라는 메시지를 그의 작은아들 신동준이 보낸 것이었다.

나는 순간 큰 충격을 받았다. 평소에 갑상선 암과 대장암 수술을 받고 위에도 이상이 있어 분당 차병원, 상계동 백병원을 자주 다니며 치료를 받는 것은 알고 있었지만 이렇게 갑자기 사망하게 될 줄은 전혀 몰랐다.

이 친구는 내가 대학 재학 중 군복무를 마치고 복학하였는데 몇 살 어린 재학생들과 공부할 때 같은 복학생이라는 관계로 서로서로 힘이 되어서 친밀하게 지내며 함께 공부를 했었다.

3년을 같이 공부하였고 졸업 후에 각자가 몇 년간은 다른 대기업에서 근무하다가 함께 해외 근무를 위해 같은 건설회사로 옮겼다.

그 회사에서 같이 사우디 근무를 하였고 귀국 후에도 함께 다른 회사로 옮겨 그는 건설회사 기획실, 나는 그룹종합조정실에서 근무를 하여 같은 직장에서 무려 7년을 근무하였다.

처음 만났을 때 이 친구는 방배동에서 큰집을 지어서 모친과 동생들과 같이 부요하게 살았다. 학생 때에도 부동산에 관심이 많았고 수리적인 계산이 빠른 재원이었다. 좋은 가문의 맏아들로 공부도 잘하여 가문의 기둥이었다.

7년을 함께 근무한 후에 그는 전기제품 생산 공장 운영등 사업의 길로, 나는 계속 직장 생활로 헤어져 수년 후에 만났다. 그는 사업에 실패하여 재산도 많이 없애고 아내와 헤어졌다고 하였다. 큰 아들은 미국에서 공부하고 지금은 미국 저명대학교의 종신직교수로 있다고 하며 오로지 큰 아들의 자랑을 삶의 낙으로 지내는 사람이었다.

혼자서 오랫동안 지내서 그런지 병마에 시달리고 있어서 매우 마음이 아팠다. 그리고 오랜 치료에 따른 경제적인 어려움이 있는 것 같았다.

오래전 대학시절의 친구 네 명이 전남 고흥에 만평 정도의 야산을 매입하여 두 사람의 명의로 등기하였다. 시간이 지나자 소유권 명의 관계로 친구 간에 의견 대립이 있어서 토지를 매각하여 정리하자는 의견이 있었다. 마침 내가 매각을 주선할 계기가 있어서 적정한 금액으로 매각했다.

매각 대금 중 다른 세 친구는 같은 금액을, 병마에 시달리는 이 친구에게는 많이 배정하여 치료에 도움을 주었는데 이 친구를 보내고 보니 6개월 전에 매각하여 도움을 준 것이 그 나마 다행이었다고 생각된다.

　2019년10월29일 오후 2시경 '이재영의 부친 이영희님이 10월28일 별세하였고 빈소는 서울 보훈병원' 이라는 너무도 어이없고 서글픈 부고 메시지가 이재영 발신의 메시지가 스마트 폰에 떠올랐다.
　이재영이란 이름은 낯설지 만 이영희(만72세)라는 내용을 보니 그리운 친구 이영희의 부고 소식이 맞구나. 아니 시골에서 유유자적하며 지내고 있다던 친구가 갑자기 죽다니!
　지난 5월 24일에는 너무 더워서 팬티만 입고 있다는 문자를 보낸 사람이 불과 5개월 만에 세상을 떠나다니...
　이럴 수가 있나! 조만간 서울에 가서 넓은 조한열의 집에서 하루를 즐겁게 지내자고 하지 않았나. 그래서 소식이 오기만 기다렸었는데... ...
　"큰돈이 생길 곳이 있으니 유럽이나 남미 여행을 함께 다녀오자"고 봄부터 말 하지 않았던가!
　그래서 혼자 지내지만 그의 건강 걱정은 않고 지냈다. 그 동안 혼자서 고생을 많이 하였나 보구나. 가엾고 불쌍한 친구! 정말 가슴이 미어지는 것 같았다.
　이 친구(이영희)는 고등학교 동기동창으로 서울 문리대 화학과를 나온 재원으로 영어 회화에 능통하여 해외 개발공사 소속으로 유럽 미국 중동에서 오래 근무하였다.
　고등학교 시절에는 잘 모르고 지냈는데 내가 건설회사 사우디 지사에서 근무 할 때에 이 친구는 사우디의 말 사육장에서 근무하며 사우디 근무 고교동문 모임인 '사룡회'에서 만났다.

그 후에 귀국하여 자주 만났고, 고교 동기며 토목공학도로 여러 해외공사의 토목현장 소장으로 근무하던 조한열과 그리고 동기인 다른 두 친구 이렇게 다섯 명이 자주 만났다.

그는 삶의 방향과 원칙이 분명하여 종교 등의 문제로 갈등을 겪던 아내와 50대 초반에 사별하고 혼자 지내기에 위로 방문도 자주 하던 그야말로 가깝게 지낸 친구였다.

재혼을 하겠다고 노력하더니 누님이 소개한 여성을 만나 삶의 변화를 가져보겠다고, 평소에 입버릇 같이 말하던 귀촌을 강행하여 바다가 가까운 남쪽의 해남과 진도에서 바다낚시를 즐기며 유유자적하게 살았었다.

나는 매우 다행이라 생각하며 가끔씩 통화를 하였다. 전화하면 항상 반가워하였고, 내 수필이 실린 문학지 '글의 세계'를 보내면 너는 작가의 소질이 있음을 알았다, 좋은 글 잘 읽었다며 여러 번 칭찬을 하였다.

나와 한열 이를 만나기 위해 서울에 오겠다고 몇 번의 다짐을 하더니 결국은 실행을 하지 못하였다. 만나자고 말만 나누고는 그가 남쪽의 해변으로 떠난 지 6년이 넘도록 만나지 못했다.

이제는 영영 만날 수 없는 상황이 된 지금, 가장 가깝게 지내던 친구를 일상이 바쁘고 멀리 떨어져 있다는 핑계로 찾아보지 못한 한을 어떻게 달랠 수가 있을까!

최근에는 같이 시골 생활을 하며 함께 살던 여인도 이 친구를 홀로 두고 미국으로 떠나 버렸다는 소리도 들었다.

혼자서 외로운 삶을 살고 있는 친구를 만나겠다는 생각만 있으면, 일박의 일정이면 충분히 만나서 즐거운 시간을 함께하며 위로도 할 수 있었건만 아끼던 친구에게 그 정도의 아량도 없는 이기적이었던 나를 자책하며 많이 반성을 하였다.

앞의 윤철씨는 병마에 많이 시달렸기에 그의 떠남에 대하여 약간은 담담하게 아픔이 없는 세상에서 편히 쉬기를 바라는 기도를 하였다.

반면에 이 친구는 지독한 애연가라서 걱정은 하였지만 그동안 심각한 고질병으로 고생을 하였다는 소식은 없었다.

본인이 바라던 대로 조용하고 공기 좋은 남도 해변 생활을 하였기에 삶의 스트레스나 병마에 시달릴 것이라는 생각은 해본 적이 없었다.

다만 더 늙기 전에 마음 편한 친구들이 몇 일간 함께 여행을 할 수 있기를 희망하며 지냈는데 이렇게 허무하게 떠날 줄이야!

거짓말 같은 부고 소식을 보고는 마음의 안정을 잃고 갈팡질팡하다가 서울의 보훈병원에 빈소가 마련되어 있는 현실을 깨닫고 한열과 통화하여 빈소에서 만났다.

우린 영희씨의 아들부부를 만나서 슬픔을 나누고 위로하고는 바쁜 일정을 핑계로 장지에도 가지 못하고 허무하게 영원한 이별을 하였다.

2019년 11월 16일(토) 4시경 권오갑박사(전과학기술부 차관. 현 과우회 회장)가 과우회에서 회장 인사말을 마치고 쓰러져서 119구급차로 가까운 평촌의 한림대 성심병원에 이송하여 긴급조치를 하고 입원중이라는 내용을 같은 과우회 회원이며 우리5인방 친구인 윤 교수가 보낸 메시지를 보고는 이 기막힌 사실을 알게 되었다.

권 차관 등 5인의 친구는 70년대 초반 대학시절에 복학생 그룹으로 만나서 50년 가까운 세월을 매월 한차례 꾸준히 만나 우정을 지켜온 친구들이다.

특히 권 차관은 성격이 원만하고 포용력이 뛰어나 친구들에게 칭송을 듣던 엘리트 관료였다.

최근에 뇌경색 진단을 받았다는 농담 비슷한 글을 5인 단체 카톡에 올렸을 때 평소에 농담을 좋아 하기에 농담이겠지 하고 대수롭게 지나쳤고, 한 달 전에는 갑자기 골프 스윙이 안 되더라는 말도 모두가 농담이 아닌 어떤 징조였구나 생각하니 얼마나 가엾고 걱정이 되었는지 모른다.

휴대폰으로 연락하니 부인이 전화를 받으며 수술이 잘 되었다며 비교적 밝은 목소리이기에 그나마 약간 안도하고 빠른 회복을 위하여 아내와 함께 간절히 기도하고 있다. 연락도 조심스러워서 직접은 못하고 그 부인과 연락을 맡은 윤 교수에게 간접으로 듣고 있을 뿐이다.

30여 년 전에 가까이 모시던 국내 토사 댐이나 방파제의 구조역학분야 국내 권위자이신 권기태 사장이 가까운 친구가 급서하였을 때 너무도 충격을 받아서 상심하여 며칠간 몸져 누웠던 말이 떠올라, 사람이 가까운 친구를 떠나보냄은 큰 충격임을 느꼈던 때가 생각이 났다.

이제 칠십 초반의 나이에 한 해 동안 가장 가깝게 지내던 두 친구를 먼 세상으로 보내고, 그간 마음에 큰 의지가 되었던 친구는 병실에서 반신 마비 증세가 있는 상태로 기약 없는 재활을 위하여 입원한 2019년이었다.

2019년도 40여일이 지난 지금도 나에게는 결코 지울 수 없는 슬픔을 누를 길이 없다. 이런 상황은 남의 일이 아닌 나에게도 다가올 가까운 미래라는 애절함, 안타까움, 두려움이 복합적으로 작용하여 지금 힘든 시간을 보내고 있다.

부모님들이 돌아가셨을 때와는 다른 슬픔이다. 부모님께서 별세하셨을 때는 부모님께 그동안 잘 해드리지 못한 불효함에 대한 아쉬움과 반성에 따른 슬픔이었다.

반면 친구들의 떠남과, 병원입원은 나에게도 다가올 수 있는 어두움의 그림자에 대한 두려움이 있는 아픔이다.

주변의 가깝게 지내던 친구들이 하나 둘씩 불귀의 객으로 사라지고 있다. 이제는 얽매인 삶을 다 풀어놓고 부담 없는 친구 만나 산이 부르면 산으로 가고, 바다가 손짓하면 바다로 가서 남은 세월 후회 없이 보내야 하겠다는 일깨움만 남겨놓고는 가버린 잔인한 2019년이었다.

대화란 어려운 것이다

대화는 상대가 서로 마주 보면서 이야기를 하는 것으로 대화의 목적달성을 위한 공통분모를 찾아가는 쌍방의 노력이 있어야 원만해진다.

대화의 상황, 화법, 그리고 문화적 배경도 중요한 변수가 된다고 한다.

대화는 부모와 자녀, 친구와 친구, 스승과 제자, 상관과 부하, 주인과 고객, 의사와 환자 등 많은 경우가 있다.

많은 대화 상대 중 중요하지만 원만한 대화가 어려운 부모와 자식과의 대화를 중심 으로 생각하여 본다.

자녀들이 잘못된 행동을 하거나, 옳지 않은 생각을 할 때에 부모는 자녀에게 자신의 잘못을 인정하게하기 위하여 대화를 한다.

그러나 그 과정이 매우 어렵다. 부모는 많은 관심과 진정성을 가지고 다가가지만 마음이 어긋나고 진심이 제대로 전해지지 않는다. 대화를 하다보면 결국은 부모의 입장에서 대화가 진행되기 때문이다.

사실 자녀들이 부모와 생각이 다른 것은 자연스럽고 당연할 수 있다. 오히려 부모와 같은 생각을 하는 것이 비정상일 수도 있다.

살아온 환경과 시대가 다른데 자녀들의 생각이 부모와 같을 수는 없다.

그래서 자녀와 진지한 대화를 위해서는 부모가 먼저 자녀의 마음 속으로 들어가야 한다. 자녀의 수준에 눈높이를 맞추고 자녀의 마음을 헤아리며 이해 해줘야 한다.

조금씩 눈높이를 맞추고 대화를 하다보면 자녀는 자신의 잘못을 받아들이는 용기를 얻을 수 있다.

부모의 입장에서는 자녀가 자신의 잘못이나 실수를 느끼고 인정하며 그런 잘못을 되풀이 하지 않겠다는 마음을 갖도록 하는 것이 목적이다.

막연히 훈계나 질책을 하겠다는 의도로 대화를 시작한다면 자녀의 마음을 움직이기는 고사하고, 부모와는 말이 통하지 않는다고 판단하며 대화를 거부하게 된다. 그런 경우에 자식과의 대화는 의미가 없게 될 것이고 앞으로도 문제가 될 것이다.

나의 경우 자식들과의 대화를 할 필요가 있거나 대화를 하고 싶어서 단단히 결심을 하고 시작하여도 부모의 입장이 은연중에 나타나서 대부분 결말이 어색하게 끝나는 경우가 많았다. 이럴 경우에 내가 어렸을 때에 자주 방문하였던 '서울집 아저씨'를 생각했다.

'서울집'은 서울의 명문가문이 어려운 사정으로 아무런 연고가 없는 우리 동네로 이주하여 정착한 가정이다.

그 댁의 분위기는 어린 나에게 새로운 감동과 느낌을 받게 하였다.

그 분은 자녀들과 대화를 할 경우에 마치 친구들과 대화하듯이 부드럽고 자상한 말투로 말하기도 하고, 조용히 자녀들의 말을 경청하기도 한다.

그런 방법의 대화가 이루어지니 아들이나 딸 들이 아무런 망설임 없이 하고 싶은 말을 자연스럽게 충분히 할 기회를 갖게 된다. 마치 친구들과 정답게 소곤거리는 것과 같은 분위기였다. 아들이 둘, 딸 넷인 집안인데 아버지가 모든 대화를 자녀들 중심으로 이끌어 가니 아들이든 딸이든 부드럽고 진지한 분위기에서 대화를 하는 모습이었다.

그런 분위기에 자녀들이 자신을 가지고 매사에 자기표현을 잘하며 공부도 잘하고 친구들과의 교제도 원만하여 동네에서 인기가 많았다. 나는 그 집의 작은 아들과 같은 나이라서 친한 친구로 지내면서 자주 놀러 다녔다. 그런 관계로 그 댁의 분위기를 초등학교 때부터 알고 지내면서 그 가정의 분위기에 의해 은연중 감동을 받으며 자랐다.

그런 영향이 있어서인지 특히 아들과 대화를 하는 도중에 큰소리로 꾸짖다가도 '서울 집' 아저씨의 대화하던 모습이 떠오르면 마음을 가다듬고 평정을 회복하여 갑자기 부드러워 지는 말씨를 쓰게된다. 이럴 때 아들은 순간 안도하다가 언제 또 아버지인 내가 역정을 낼까 두려워하는 모습을 보이곤 하였다.

자식에 대한 욕심과 집착이 많았던 나는 그것이 결코 좋은 것이 아님을 깨닫고 스스로 반성하도록 모범을 보여 주신 '서울집 아저씨'의 부드럽고 자상하심이 오늘까지도 나에게 큰 울림이 되고 있다. 나는 남들에게는 이해와 양보를 하는 편인데 유독 아들에게는 냉정하고 이해와 아량이 부족 했다.

아들과 격의 없는 대화를 하겠다고 다짐하고 마주앉으면, 어느 순간 다짐은 사라지고 역정을 내고 훈계하는 마음으로 변하여 불과 몇 분이 지나지 않아 우리는 벽과 마주하는 기분이 들며 대화가 중

단됐다.

　아들이 서른이 넘고 내 나이도 육십이 훨씬 넘은 몇 년 전에야 아들과 지난날의 잘못을 토로하면서 실로 의미 있는 대화를 하여 서먹서먹했던 관계를 정리하고 남들과 같은 따뜻한 부자관계를 회복하였다.
　요즈음은 아들도 마음속의 그늘이 사라지고 밝은 모습으로 생활을 하고 있다.
　나의 부질없는 욕심과 집착이 아들의 마음을 얼마나 아프고 어둡게 했을까 생각하며 여러 번 반성을 하였다.

　대화란 마음을 비우고 상대의 마음을 헤아리고 이해를 하려는 마음이 있어야 하지만 또한 순간의 재치도 필요함을 느낀다.
　얼마 전에 읽었던 2차 대전의 인물들이 했다는 대화를 떠올려 본다. 영국의 처칠 총리가 미국의 루스벨트 대통령의 초청을 받고 미국에 회담 하루 전에 도착하여 호텔에 머물렀다.
　아침에 가운 차림으로 면도를 하고 있는데, 총리께서 잘 머물고 있는지 궁금하던 루스벨트 대통령이 호텔을 방문하여 벨을 누르고 기다리니 면도중인 처칠 총리가 문을 여는 순간 몸에 두르고 있던 가운이 흘려 내려 알몸이 되었다.
　"면도중이시군요? 미안합니다."라며 멈칫하는 대통령에게 처칠 총리가 태연하게 "영국의 모든 것을 각하께 보여 드리려고 제가 알몸이 되었습니다."
라고 말하는 소리를 듣고는 루스벨트는 껄껄 웃으며
　"그래요. 그러면 우리의 회담(대화)은 끝났네요."
라고 말했다는 내용을 생각하며 순간의 재치 있는 한마디가 대화와 소통에 활력을 불어넣는 중요한 계기가 될 수 있음을 깨닫는다.

대화란 중요하지만 매우 어려운 것임을 마음에 깊이 새기며 진지한 자세로 임할 때에 비로소 의미 있는 대화가 될 것이다.

아리랑

아리랑은 작가미상의 우리나라 민요로서 남녀노소 누구나 잘 알고 부르는 노래다. 우리는 흔히 아리랑을 사랑에 버림받고 한 맺힌 어느 여인의 슬픔을 표현한 노래로 생각하고 있다. 하지만 아리랑이라는 민요 속에는 담겨진 큰 뜻이 있다. 원래 뜻은 참 나를 깨달아 인간 완성에 이르는 기쁨을 노래한 깨달음의 노래라고 한다.

아리랑 고개를 넘어 간다는 것은 나를 찾기 위해 깨달음의 언덕, 피안의 언덕을 넘어 간다. 라는 의미다. 나를 버리고 가시는 임은 십 리도 못가서 발병난다의 뜻은 진리를 외면하는 자는 얼마 못가서 고통을 받는다는 뜻으로 영욕을   아 생활하는 자는 그 과보로 얼마못가서 고통에 빠질 것임을 뜻한다고 한다.

이러한 아리랑의 이치와 도리를 알고 나면 아리랑은 한의 노래나 저급한 노래가 아님을 알 수 있다. 아리랑이 세계에서 가장 아름다운 곡1위에 선정되어졌다고 하는데 영국, 미국, 프랑스, 독일, 이탈리아 작곡가들로 구성된 선정대회에서 82%라는 높은 지지율로 단연 1위에 올랐다. 특히 선정위원 중에는 한명의 한국인도 없기에 더욱 놀랐다고 한다.

미국 칼빈 신학대학교수인 버트폴먼 교수는 아리랑 멜로디를 가지고 1990년 미국찬송가 229장을 만들었다고 한다. 그는 미국찬송

가 편찬위원 으로서 활동하고 있으며, 캐나다의 찬송가 편찬위원
들과도 협의하여 찬송가로 사용하고 있다고 한다.

　20년에 한 번씩 투표에 의하여 찬송가를 바꾸고 있지만 아리랑만
은 계속 불러지고 있다. 멜로디가 매우 아름답고 흥미롭다 며 칭찬
을 아끼지 않는다. 미국 미시건주의 한 장로교회 햇불트리니티 대
학원대학 김은희 교수는 평화통일과 화해를 위하여 남북이 함께 공
감하며 소통할 수 있는 음악을 고민하여 연구 하던 중 8000만 민족
의 애창가인 아리랑을 찬송가 곡조(hymn tune)로 찬송 작시 한바
있다. 아리랑 오르간 환상곡 연주와 아리랑 찬송가를 통하여 평화
통일과 화해의 방안을 모색하고 있다. 아리랑은 통일 조국이 함께
부를 민족의 애창가이므로 비록 70년간의 사상과 이념이 다른 체제
속에서 살아왔지만 한 민족 한 동포임을 확인하게 해주는 곡이라고
한다.

　우리고유의 아리랑은 한 많은 민속노래로써 괴로울 때나 슬플 때
나, 즐겁고 흥겨울 때 덩실덩실 춤을 추며 부른 노래 가락이다. 그
종류도 정선아리랑, 진도아리랑, 밀양아리랑 등 다양하게 불러지고
있는데 누가 작사 작곡을 했는지 궁금하여 많은 자료를 찾아보았지
만 추측이나 가능성만 있지 확실한 작가는 알려져 있지 않다. 우리
민족들 사이에서 자연적으로 발생되어 불러진 노래라고 볼 수 있
다.

　아리랑은 본래 노동요의 성격을 갖고 있다. 농부, 어부, 광부들이
각자 그들 생활 속의 사연들을 아리랑에 담았다는 점에서 직업공동
체 사회적 공동체의 문화적 독창성이강한 노래가 되었고 민족이 위
기에 처했을 때 민족 동질성을 지탱하는 가락으로 유지되고 전래된

것이 아닌가 생각된다.

아리랑은 1926년 조선 키네마 프로덕션의 제2회 작품 나운규 감독의 연화로 한국역사상 가장 초창기에 제작된 명작으로 알려진 영화의 제목으로도 유명하다.

이 작품의 큰 감동은 작품전체가 항일 민족정신을 높이고 민족정신을 전통 민요인 아리랑과 연결하여 승화시킨 점이다.

근래에 와서도 연극 영화 뮤지컬 각종행사 등 세계 곳곳에서 아리랑을 소재로 한 작품들이 여러 분야에서 높이 평가 되고 있다.

아리랑에서 보듯이 우리 민요의 노래 가락은 흥겹고 부르기가 쉽다.

어떤 가사라도 흥겨운 가락에 맞추어 부르면 음악이요 우리의 고유의 정서가 담긴 민요다. 우리고유의 흥겨운 노래 가락과 춤이 있어서 중국과 동남아를 거쳐서 유럽과 아메리카 대륙을 열광케 하는 소위 한류 열풍이 우연한 것이 결코 아니다. 우리 민족혼에서 솟아 나오는 열정과 풍류가 한류 열풍을 오래전부터 잉태하여 내려온 결과다.

남북 동질감 형성의 모태인 아리랑에 대한 사랑과 성과는 남북통일을 염원하는 토대가 되길 소망한다.

'4'의 예찬

우리의 일상생활에서 잘못 인식되어 꺼림직 하게 생각 되는 숫자가 몇 개 있다. 마지막 고지를 의미하는 '3'과 그리고 '9', 죽음과 연관되는 '4', 불운과 겹치는 암울의 수 '13' 등 숫자와 연결되어 나쁘게 연상되는 것들이 있다.

그 중에서 가장 거부적이고 꺼림직 한 것은 아마도 죽음을 의미하는 것 같은 4자 일 것이다. 숫자 '4'는 넉 4자가 아닌 죽을 사(死)자의 의미로 강하게 인식되어서 엘리베이터를 타보면 4층이 생뚱맞게 F로 되어 있는 경우가 많습니다.

하지만 숫자 '4'에는 죽음을 의미하는 요소가 전혀 없고 그저 죽을 사死자와 발음만 같을 뿐입니다. 만약 누군가와 수배자의 이름이 같다고 체포하려 한다면 얼마나 황당하겠습니까?

숫자 '4'의 꺼림직 한 생각은 전 세계적으로 통용되는 것은 아닙니다. 다만 한자 문화권에서만 제한적으로 통용되는 아무 의미 없는 미신일 뿐입니다.

사실 알고 보면 숫자 '4'는 땅의 완전수로 통했습니다. 동서남북의 4방향, 그리고 춘하추동의 4계절을 가리키는 중요한 숫자며 길수吉數로 여겨졌습니다.

야구에서 제일 중요한 선수는 4번 타자로 베팅 시 4번 타자의 등장은 감독이나 관객에게 기대와 환호가 얼마나 큽니까? 행운을 상징하는 클로버도 잎이 네 개야 합니다. 이와 같이 숫자 '4'의 의미는 죽음의 암울을 뛰어 넘는 환호와 영광, 행운을 의미하는 길수며 완전수입니다.

사실 우리 인간은 미래를 알 수 없습니다. 내일을 알 수 없고 한치 앞도 모르는 부족한 존재이기에 누구나 불안한 마음이 항상 내재하고 있습니다. 그래서 미신적 요소에 귀를 기울이는 사람이 많습니다. 하지만 미래를 알 수 없다는 것은 두려움이 아닌 희망이기도 합니다. 미래를 알 수 없기에 우리는 희망을 가질 수 있으며 꿈을 꿀 수 있습니다. 9회 말 투아웃에도 역전만루홈런을 기대하며 환호를 할 수 있습니다.

영국의 종교철학자이며 사회학자인 스펜서(Herbert. Spener 1820~1903)는
'인간은 죽음이 두려워서 종교를 만들고 삶이 두려워서 사회를 만들었다.'
고 하였습니다. 부족하고 불안한 인간의 존재를 갈파한 말이라 생각됩니다. 죽음을 두려워하고 이것을 피하려고 많은 노력을 하고 사유를 하지만 우리는 누구도 예외 없이 언젠가 이 세상을 떠난다는 공평한 사실을 겸허히 받아들여야 합니다.

그리하여 잘못된 믿음으로 사고와 활동의 폭을 줄이지 맙시다. 죽음에 대한 공포를 믿음으로 극복하고 나갑시다. 여러 종교 중에서 죽음을 극복하고 이를 승화한 종교는 기독교 인 것 같습니다.

짧은 인생, 할 수 있는 것을 두루 경험하며 희망을 갖고 포용하는 마음으로 삽시다. 다가올 미래를 지레 걱정하는 것보다 주어진 오늘을 후회하지 않고 사는 것이 현명한 선택입니다.

죽음의 숫자가 아닌 행운을 주는 완전한 숫자인 '4'자를 찬양하며 잘못된 믿음으로 인한 두려움을 떨쳐 버리고 우리의 일상을 희망과 용기를 가지고 나아가자고 다짐하여 봅시다.

밤은 좋은 과일이다

　밤은 주로 가까운 야산에서 잘 자라서 우리가 흔히 볼 수 있는 밤나무의 열매로 단백질, 탄수화물, 기타지방, 비타민 A.B.C, 칼슘 등이 풍부하여 발육과 성장에 좋은 과일이다. 밤은 날로 먹기도 하며 익혀 먹기도 하는데 각종 음식재료로도 많이 활용된다. 밤은 아시아. 유럽. 북아메리카. 북부아프리카 등이 원산지로 우리나라에서 재배하는 품종은 재래종가운데의 우량종과 일본 밤을 개량한 품종으로 지름이 2.5~4cm크기로 윤기 나는 짙은 갈색의 껍질을 가진 과일이다. 나는 작고 단단하지만 맛있는 밤을 매우 좋아 해서 가을에 주변의 산에서 익어서 떨어진 알밤을 줍기도 하고, 해마다 10월 초순에 고향에 가족들과 밤을 주 우려 간다.

　밤은 맛이 좋다. 밤은 생밤으로 먹기도 하고, 화롯불이나 연탄불에 구워서 먹거나 압력 밥솥 등 솥에 쪄서 먹기도 하는데, 생밤의 경우 씹기에 적당하여 오도독하고 씹으면 혓속의 침이 우르르 몰려나와서 달면서도 약간 떫지만 담백한 맛을 한껏 느끼게 하는데 알밤의 겉껍질과 속의 얇은 껍질을 벗겨내면 미인의 살결 같은 연노랑색이 아주 깨끗하게 보인다.

　잘 구은 군밤을 먹을 경우에는 고소한 그 맛은 씹기도 전에 목구멍으로 넘어가 버리는 경험을 갖게 하고, 찐 밤의 경우에는 단물이 없으면서 적당히 단맛이 있고 물기가 없는데도 팍팍하지 않고 달콤

하여 치아가 약하신 어른들도 부담 없이 즐겨 먹을 수 있다. 이렇게 밤의 맛이 좋기에 밤 맛을 가진 밤고구마를 개발하였고 밤빵을 만든 것이 아닌가. 다만 그 크기가 고구마나 다른 과일에 비하여 작고 또한 한 개씩 껍질을 벗겨야 먹을 수 있기 때문에 그 좋은 맛을 한꺼번에 즐길 수가 없어서 한 번에 많이 먹어야 직성이 풀리는 성질이 급한 젊은이들에게는 그 맛의 진가를 잘 모를 것 같은 아쉬움이 있다.

밤에는 여러 가지 효능이 있다.

'옛말에 밤 세 톨만 먹으면 보약이 따로 없다.'했듯이 밤은 모든 영양소를 골고루 함유한 천연 영양제라고 할 수 있다.

주로 9월과 10월에 수확하는 햇밤은 탄수화물, 지방, 단백질, 비타민, 미네랄, 등 5대 영양소를 고루 가진 완전식품이라고 한다. 장과 위를 튼튼하게 하며 신기를 보충하여 배고프지 않게 하는 효능이 있어서 한의학에서는 위장과 신장이 허약한 사람, 걷지 못하거나 식욕부진인 아이에게 밤을 회복식으로 처방 한다고 한다.

밤은 껍질이 두껍고 겉의 전분이 영양분을 둘러싸고 있어서 가열해도 영양 손실이 적으므로 겨울철 영양 간식으로 적합하다. 비타민 C의 함유량은 토마토와 맞먹을 만큼 풍부한데 대보름날 생밤을 오도독 씹어 먹고 부스럼이 나지 않기를 기원했던 풍습은 겨우내 부족했던 영양분과 비타민C를 보충하는 의미도 있었다고 한다.

밤은 쓰임이 많은 과일이다. 밤은 관혼상제의 필수 과일로 사용된다. 폐백 시 아들을 많이 낳으라는 뜻에서 며느리에게 밤을 던져주는 풍습이 있다. 며느리는 그 것을 받아 신방에서 먹는다고 한다.

그리고 밤은 제사상에 대추 다음으로 두 번째 놓이는 제물祭物로 한 밤송이에 보통 3개의 알밤이 들어있는데 이것은 조선의 의정부 3정승을 상징한다고 하여 제사상 진설에 필수로 갖추게 되는 귀한 과일로 대접을 받았다. 또한 밤은 밤 영양밥, 밤 수프, 밤 탕 등의 음식물에 두루 쓰이고 서양에서는 빵과 케이크 등에도 밤이 많이 사용 된다.

밤꽃은 특이 하다. 밤꽃은 여러 가지 꽃들이 지고 잎이 무성한 6월에 핀다. 사실 밤꽃을 꽃의 반열에 올리기에는 그 모양이나 색깔이 매우 단순하고 보잘 것 없다. 그래서 그런지 진달래, 개나리, 벚꽃, 아카시아꽃 등이 지고 난 한참 후에야 핀다.

화려한 색상이나 자태로는 안 되는지 냄새로 자기를 과시하려는 듯이 품어 나는 독특한 향기로 인하여 옛날에 부녀자들은 밤꽃 필 때에는 외출을 삼가고 과부는 근신하였다는 속설이 있었다.

밤꽃이 사랑의 묘약이라는 속설 때문인지 사랑하는 사람들은 밤꽃 필 때 사랑을 고백하면 좋다는 말이 전해오는 이 특이한 밤꽃은 곱게 머리를 땋아 놓은 것도 같고, 옥수수 같기도 하며, 새순이 긴 새 가지에 돋아 있는 것 같기도 하고, 여우 꼬리 같이 길게 뻗어서 특이한 모습을 한, 꽃도 아닌 것이 꽃 행세를 하는 것 같지만 한창 꽃이 필 때는 그 특이한 꽃은 온 지역을 장악한 것 같다.

밤꽃은 한 나무에 수꽃과 암꽃이 함께 핀다.

암꽃은 작고 동그랗게 얌전히 줄기 안쪽에 위치하여 꽃술이 하나 달린 것이며, 수꽃은 길고 꽃술이 많이 달린 것이다.

여우 꼬리 같이 길게 핀 것이 수꽃인 것이다. 사실 밤나무는 산기슭에 숨어 있다가 꽃이 피는 6월이나 밤송이가 영글어 가는 구시월에야 모습을 보게 되는 야산이나 밭둑에서 자라는 나무다. 밤을 좋아하는 나는 6월에 탐스럽게 꽃이 필 때에 밤나무 많은 곳을 잘 기억하였다가 알밤을 줍는 철이 오면 주으러 가겠다고 밤꽃 볼 때마다 다짐하지만 바쁜 일상에서 실행하여 본적은 별로 없다

밤나무는 우리 가족을 이어주는 가교 역할을 하고 있다. 15년 전쯤에 선친께서 크고 단단한 공주 밤을 사다가 6개를 집에서 큼직한 화분에 심어 싹을 틔운 후 3개월을 기르고 식목일 즈음에 고향 선산 아래 400여 평의 텃밭 가장자리에 여섯 그루를 심으셨는데 그중에 네그루가 잘 자라더니 6년 전부터 가을이면 소담스럽게 알밤이 익어 떨어져서 우리 형제자매들은 매년 시월 초순에 부모님의 묘소를 찾아 성묘를 하고 아래쪽 텃밭에서 밤을 줍는 것을 연례행사로 하고 있다.

형제들 7~8명이 2시간 정도를 떨어진 알밤을 줍고, 나무에 붙어 있는 밤송이를 털어서 열심히 밤을 발라내다보면 약 두말은 된다.

여기 저기 떨어진 알밤을 줍는 것이 얼마나 즐거운지 나중에는 허리가 굳어서 펴지지 않을 지경이지만 그래도 마음은 흐뭇하다.

모두들 비슷하게 나누면 각자 한보따리를 갖게 되는데 내 몫을 몇 차례 구워 먹거나 솥에 삶으면 며칠 동안은 실컷 먹게 된다.

이때는 형제들 모두가 바쁜 중에도 빠지지 않고 참여하여 부모님 성묘도하고 탐스런 알밤도 주우면서 즐거운 하루를 보내게 된다. 선견지명이 있으신 선친은 이렇게 하여 자식들 간에 우애를 갖게 하시고, 당신도 그리워하게 하셨구나! 하는 생각이 된다.

이제는 가을이면 밤 따러 고향을 찾는 일이 중요한 일정이 되었다. 전에는 가을에 우연한 기회가 있으면 알밤을 줍고 당장 몇 개를

먹어보는 정도로 밤의 진가를 몰랐는데 요즈음 매년가을에 고향을 찾아 알밤을 줍고 이것을 즐겨 먹다보니 밤은 맛이 좋은 귀한 과일이라는 것을 새삼 알게 되었다.

늦가을 이후 동네를 찾아오는 밤 장수한테 한두 되를 사서는 생밤으로든 구워서든 자주 먹게 되었다. 봄철이 오면서부터 지난 수년간 계속되었고 앞으로도 계속될 고향의 밤나무와 알밤줍기를 생각하면 언제나 기쁘다.

고향 나들이

　고향은 꿈속에서도 그리워하는 태어나고 자란 곳이다. 또한 초등 학교에서 기초 교육을 받았던 곳이기도 하다. 고향을 떠난 지 60여 년이 지난 지금은 자주 찾아보는 의미의 고향은 태어나고 자란 마을에 더하여, 마을에서 약3km 떨어진 부모님과 선대 조상들의 산소가 있는 선산으로 그 의미가 확대되었다. 지금은 고속도로가 생겨서　차량으로 대체로 2시간10분이면 도착하는 멀지 않은 곳이기에 우리 형제자매들은 매년 부친께서 서거한 6월에 일정을 잡아서 산소를 찾아 성묘하고 부모님과 선대 조상들께 추모예배를 드린다. 그 후에 주변의 가볼만한 곳인 선산에서 보령 땜에 이르는 큰 도로변의 약1.5km의 벚꽃 길, 또는 서천군 마량의 동백장, 부여 낙화암 등의 명소를 찾아서 초여름의 정취를 느끼며 고향을 다녀온다. 그리고 9월 말경 가을에 부모님과 조상들의 묘소를 성묘하고 부친께서 30년 전에 심고 가꾼 3그루의 밤나무에서 떨어지는 알밤을 주울 겸하여 가을 나들이를 한다. 대개의 경우 고향을 찾는 것은 하루이기에 여행이라기보다는 나들이다. 반면에 일박이상의 계획으로 떠나는 것을 여행이라고 생각한다. 고향 나들이 때는 주로 선산을 찾아 성묘하고는 주변의 명소를 찾지만 고향마을은 찾지 않는다. 우리 가족이 고향을 떠난 기간이 이미 오래 되었고 사촌 등 친척들도 일찍이 서울로 떠나서 이제는 노인들이나 젊은이들 만 살고 있어서 아는 사람도 별로 없어 오직 어릴 때 자란 추억만 남아 있기에 일반적으로 5년에 한

번 정도 성묘 후에 잠깐 고향 마을을 찾아 돌아본다.

올해의 6월에는 큰누님의 큰딸과 작은 누님의 둘째아들이 어렸을 때에 자주 찾았던 외갓집의 마을에 "추억의 발걸음"을 하자고 하여 7년 만에 고향마을을 찾아보기로 하였다. 그리하여 80여년을 고향에 거주하시기에 명절 때나 행사시에 전화하면서 안부를 묻고 가깝게 지내고 있는 정태준 형님, 이상원 형님께 전화하여 모처럼 금년6월6일에 찾아뵙겠다고 미리 약속을 하였다.

고향 마을에 우리가 경작하던 텃밭과 감나무가 아직도 있는지, 그리고 아무리 가물어도 마르지 않는 깨끗한 물이 솟아나는 대나무 숲 아래의 우물이 지금도 여전히 있는지, 우리가 살던 집이나 아니면 집터라도 있는지 등 많이 궁금하였다.

반갑게 전화 받으며 그날에 보자고 하였던 태준 형님이 처갓집 동서가 별세하여 상갓집에 참석하기에 만나지 못할 것 같다고 연락이 왔다. 그리고 상원 형님은 당일 10시경에 전화하여 언제쯤 도착할 것인지 확인하며 모처럼 당숙묘소를 성묘할 겸하여 산소에 가니 산소에서 만나자고 하였다. 우리의 남은거리를 판단하건데 아무리 하여도 우리가 한 시간은 늦을 듯하다. 마침 차가 밀리지 않아서 예상대로 도착하여 풀 섶을 헤치고 산소에 도착하니 상원형님은 산소에 이미 도착하여 성묘의식을 마치고 기다리고 있었다. 더구나 지금은 구하기 어려운 밤과 사과 그리고 명태포를 준비하여 아침에 일찍 먼 곳을 찾아 예의를 갖추고 성묘를 하셨구나! 생각하니 그 정성이 너무도 고마웠다.

이 형님은 아버지의 외갓집 가문의 조카다. 시골에서 그 당시 어렵게 중학교를 졸업하였고 농사를 열심히 하여 자녀들은 서울과 대전에서 교육을 시켜 잘 살고 있다.

우리는 산소 주변의 잡초를 뽑고 흙이 폐인 곳을 메꾸고 꽃병에 준비한 밝고 화사한 꽃으로 갈아 꽂고는, 돗자리를 펴고 준비해간 자료를 가지고 일행 모두가 추모예배를 드렸다. 반면에 막내 매제는 몇 일간 준비한 철근을 땅에 박고 나무를 잘라서 일부 사라져 버린 오르막 계단을 새롭게 만들었다. 이런 일정을 끝내고 아래 주차장에 기다리는 상원 형님과 만나서 그리운 고향 마을의 소식을 듣고 정담을 나눴다. 그 형님은 조심스럽게 "요즈음 코로나19로 인하여 마을 전체가 외부 출입도 자제하고, 사람 만나는 것도 피하며, 정부가 홍보하고 권장하는 것을 열심히 지키고 있다. 이런 상황이라서 우리 일행(10명)과 같은 많은 외지인이 동네를 방문하는 것을 꺼리고 있다. 그러니 다음에 올 때 방문하고 지금은 마을에 가지 않는 것이 좋겠다는 의견을 말하였다." 우리는 코로나로 인한 고향 마을의 사정을 이해하고 다른 곳에서 시간을 보낸 후에 서울로 가겠다고 생각하고 준비해간 선물을 이 형님께 드리고, 만나지 못하게 된 태준 형님의 선물도 대신 전해주길 부탁하였다. 고향마을에서 약 3km 떨어진 우리 선산을 오토바이로 와서 아침에 일찍 성묘를 한 것은 코로나로 걱정하고 있는 마을 상황을 설명하여 우리를 이해하도록 하였고, 마을이 걱정을 않게 하려는 배려였음을 깨닫게 되었다. '코로나 19'가 이렇게 작은 시골 마을까지 큰 걱정을 하며 조심하고 있음을 실감하였다. 이런 심각한 시골상황을 모르면서 미리 형님들에게 방문을 예고한 것이 그나마 다행이었구나! 생각하였다.

그러나 오랜만에 조카들과 고향 마을을 찾아보기로 한 일정을 포기할 수는 없었다. 이곳에서 멀지않은 서천의 광어로 유명한 홍원항을 방문하여 점심 식사를 하고, 마량의 동백장을 찾아서 시원한 바닷바람을 한껏 마셨다. 오후 2시경에 고향 마을을 조용히 차로 돌면서 감나무와 텃밭이 있는지, 그리고 가뭄에도 줄지 않는 우물을 찾아보고, 옛날의 우리 집을 찾아보려고 그립던 고향 마을을 찾았

다. 돌아보는 약 한 시간 동안 한 사람도 볼 수가 없는 정막한 마을
이었다. 우리의 텃밭은 있으나 경작하는 사람이 없는지 잡초만 무
성하였고 크고 오래된 감나무는 흔적도 없었다. 옛날의 우리 집은
없어지고 집터는 분간 할 수 없이 주변의 여러 집이 사라진 흔적만
있었다. 년 중 내내 깨끗하고 맑은 생수가 흘러나오던 우물에 이르
는 길은 차가 접근할 수 없을 정도로 길이 좁아져서 차에 내려 걸어
야 만 하였다. 그리하여 우물을 찾아보는 계획은 포기하고 우리가
마을을 찾은 흔적을 남기지 않기 위하여 마을을 조용히 빠져 나와
야 하였다.

실로 10년여 만에 찾아간 그립던 고향, 옛날의 추억은 찾아 볼 수
없이 변하였고 정답던 거리를 걸어서 다녀보고자 하니, 이제는 마
을 사람들이 꺼리는 외지인이 된 지금 마음을 자제하고 마을 곳곳
을 차로만 둘러보고 떠났다. 많이 변하여 낯 설었던 고향, 무엇 하나
반겨주는 것이 없어 마음 둘 곳이 없는 마을이었다. 하지만 코로나
19가 종식되고, 벚꽃이 흐드러지게 피는 때가 오면 다시 찾아오겠
다고 다짐을 하여 본다.

35년 전에 최갑석이 부른 "고향에 찾아와도"란 노랫말을 회상하
며 허전함을 달랬다.

고향에 찾아와도 그리던 고향은 아니러뇨. 두견화 피는 언덕에
누워 풀피리 맞춰 불던 옛 동 무여. 흰 구름 종달새에 그려보는 청운
에 꿈을. 어이 지녀 가느냐. 어이 세워 가느냐.

산은 옛 산이로되 물은 옛 물이 아니로다. 실버들 향기 가슴에 안
고 배 띄워 노래하던 옛 동무여. 흘러간 굽이굽이 적셔보던 야릇한
꿈을. 어이 지녀 가느냐. 어이 세워 가느냐.

첫눈 내리면 생각나는 것들

우리나라와 같이 사계절이 확실한 온대지역에서는 사계절과 그에 따른 변화를 기뻐하고 즐기며 시간을 보내는 행운을 갖게 된다.

온대지역의 겨울은 별로 익숙하지 아니한 추위에 움츠리며 지내지만 겨울의 진객인 눈과 더불어 즐거움이 많고 어려움도 있는 시간을 보낸다.

북반구에 속한 우리나라의 첫눈은 보편적으로 11월 하순경에 내린다.

자료에 의하면 2016년 11월26일, 2017년11월24일, 2018년엔 11월24일에 첫눈이 내렸다.

이 첫눈은 겨울의 전령으로 겨울준비인 김장을 빨리 마감하고 문풍지를 바르며 창문에 커튼을 갈아 달고 연탄 등의 땔감을 충분히 준비하라는 신호다.

내 오랜 경험으로 미루어 볼 때 첫눈은 간밤에 소리 없이 내리지 않으며, 많이 쌓이지도 않고 주로 낮에 맛보기로 약간만 내린다. 우리가 활동하는 비교적 덜 추운 낮 동안 내리고 쉬이 녹아버려 우리에게 별다른 불편을 안주고는 어느새 사라진다.

추운 겨울 약 넉 달간 여러 차례 내리는 눈 가운데서 첫눈은 반가움을 남기고, 크리스마스 전날 밤에 조용히 내려 쌓인 눈은 우리에게 기쁨을 주고 사랑을 많이 받는 눈이란 생각을 갖게 한다.

우리에게 비교적 우호적으로 때 맞춰 찾아오는 첫눈과 관련하여 꼭 기억을 하며 마음에 새겨 두고자 하는 풍습이 있거나 적절한 행사를 하면서 반가운 손님으로 환대한다.

12월부터 다음해 3월까지 지속되는 눈보라 휘날리는 추운겨울에는 대개 어른들은 머리가 아픈 경험을 하는데 첫눈을 먹으면 두통의 어려움에서 벗어날 수 있다는 풍습이 있어 어른들이 깨끗한 첫눈을 듬뿍 먹는 모습을 어렸을 때에 많이 보았다.

처음이란 새롭고 귀하고 반가운 것이기에 첫눈을 반기며 어른들도 가까운 문밖출입을 하시고 어린이들은 모두가 집 밖으로 나와서 법석을 떨며 시간을 보내고 심지어 개들도 뛰어 다니며 흥분된 모습을 보인다.

이를 놓칠세라 도시의 상가에서는 '첫 눈 맞이' 특별한 행사도 때 맞춰 한다.

올해는 11월24일에 서울에 첫눈이 내렸는데 첫눈치고는 눈치도 없이 제법 많이 내렸다. 밖에 세워놓은 차의 차창과 지붕에 수북이 쌓여서 쓸어내리지 않고 바라만 볼 상황이 아니었다.

그렇게 제법 내렸지만 오후에는 모두가 녹아내리는 모습을 보고 '첫눈! 많이 내려보았자 첫눈의 운명은 그런 것'이라는 생각을 확인해주고는 흔적 없이 사라졌다.

나는 첫눈에 대한 애잔한 기억을 갖고 있다. 고교 동기며 서로 다른 회사에서 파견되어 해외에서 같이 근무한 인연으로 매우 가깝게 지내는 한 친구가 있다.

그 친구는 아내를 서울에 두고 주로 혼자만 해외 근무를 여러 번 해서 그랬는지 부부간에 금슬이 별로 좋지 않은 것 같았다. 그래서 우리 둘이 만나면 가정에 대한 이야기는 자제하여 왔다.

그런데 하루는 갑자기 자기 아내에 대하여 진지하고 약간 겸언쩍은 생각을 가지고 말을 시작하기에 나는 속으로 반기며 들었다.

첫눈이 내리는 11월 하순에 그의 아내로부터

'반가운 첫눈이 내리는데 당신도 첫눈을 보고 계시면 느낌을 보내주세요'

라는 메시지가 왔단다.

평소와는 전혀 달리 첫눈이 오니 당신이 그립고 보고 싶다는 내용이 함축되어 있는 그런 내용이었다. 아침에 서로 안 좋은 기분으로 집에서 나왔는데 문자 메시지를 보고는 갑자기 아내에 대한 미안함과 그리움이 생겨서 좋은 내용으로 즉시 답장을 하였다고 했다.

그날 근무를 끝내고 군밤을 사들고 집으로 들어가니 평소와는 달리 매우 기분 좋아 하면서 문자 메시지의 사연을 말하더란다.

아내가 친밀히 만나는 친구들 5명 모두가 오늘 만나 마침 내리는 첫눈을 보면서 각자 남편들에게 첫눈과 관련하여 감상적인 내용의 문자를 보내자.

그런 후에 "제일 먼저 회신이 오는 친구한테 가장 멋있는 남편을 만나서 행복하게 사는 사람이라고 축하 꽃다발을 선물로 주자." 라고 결정하고는 모두가 동시에 문자를 보냈는데 친구가 제일 먼저 회신을 하였다는 것이다.

"친구들로 부터 부러움의 찬사를 받았지요. 그러나 그것보다도 나에 대하여 무관심하고 늘 불만이 가득한 모습이던 당신이 그런 뜻 깊은 생각이 있다는 것을 느끼게   되니 그 동안 당신에 대한 원망이 일순간에 사라지고 나에게 문제가 많았구나! 많이 반성을 했어요."

하면서 눈물을 글썽이는 모습을 보고는 자기도 내심으로 아내에게 미안한 생각이 들고 아내가 몹시 측은하게 여겨지더라는 것이었다.

그의 말을 듣고는 나는 그동안 친구의 말만 듣고 그 아내가 문제가 있는 여성이라고 생각해 왔던 나의 경솔함과, 나 자신은 아내에게 잘못이 없고 도리를 다하고 있는 사람인가에 대하여 많이 생각을 해보았다.

사실 부부사이의 관계는 그 둘만 알뿐이며 부모 형제나 가까운 친구인들 알 수가 없다. 부부간에 때로는 마음과는 다른 말을 함부로 하는 경우가 있다. 그래서 작은 오해가 쌓일 수 있다.

그러나 친구 부부가 별 것 아닌 첫눈의 사연으로 그랬던 것 같이 오래 쌓인 오해와 원망도 어떤 계기가 되면 쉽사리 오해가 풀리고 원망도 사라지는 것이 부부간의 관계가 아닌가 생각된다.

친구의 말을 듣고는 내 자신에게 다짐하는 심정으로 친구에게

"모두가 네 잘못 인듯하니 앞으로는 허튼 소리 삼가고 마누라를 아끼면서 잘 지내라"

며 우정 어린 충고를 하였다. 그 후 친구부부는 첫눈의 사연으로 사랑과 믿음을 되찾고 지금까지 건강히 잘 지내고 있다.

나는 첫 눈이 내릴 때면 반가운 첫 눈이야 말로 위험에 빠진 친구의 부부 관계에 화합을 찾게 하여준 하늘에서 내려주는 축복이구나! 라고 생각했던 그때가 떠오르곤 한다. 그래서 첫눈은 나에겐 반갑고 의미심장한 것임을 기억하며 감사한다.

믿음과 승부

　운동이나 게임에서 승부는 갈고 닦은 기술적인 면에서 뿐 아니라 심리적인 측면과 혼연 일치가 되었을 때 얻을 수 있는 결실이라 생각 된다. 승리는 일시적인 기교나 행운으로 얻어지는 것이 결코 아니다.

　복싱의 전설, 영원한 복싱 세계챔피언이라는 수식어를 가졌던 무하마드 알리(1952~2016년)도 현역시절 헤비급 세계챔피언 벨트를 여러 차례 뺏기는 수모를 겪었다. 그는 자신이 참패했던 경기를 회고하며 한가지 공통점이 있다고 고백했다고 한다.

　패했던 경기마다 "이 번에 경기에서 질 수도 있지 않을까?" 라는 의심을 품고 경기에 임했다는 것이다. 우리는 불가능이란 부정적인 생각을 떠올릴수록 자신감을 잃게 된다. 반면에 경기에서 '이번에는' 이라는 자만심을 갖는 순간 승부에서나 정상으로 치닫던 기록이 순간적으로 무너져 버리는 경우를 경험한 적이 있을 것이다.

　골프에서 싱글 스코어를 기록하는 것은 모든 아마추어 골퍼들이 동경하며 소망하는 것이다. 그러나 싱글 스코어(기준타수+ 한 자리 숫자)를 기록하는 것은 긴 거리에서의 장타, 짧은 거리의 정확한 샷, 그린에서의 홀컵 공략 이라는 다양한 경험과 실력이 겸비되어야 하는 골프의 특성상 그리 쉬운 것이 아니다.

그런데 그날따라 선전하여 좋은 기록이 유지되고 있으며, 동반자들로부터 싱글이 가능할 것 같다는 격려를 듣는 순간 욕심과 긴장이 엄습하여 '벌타'를 범하게 되어서 싱글의 기대는 한 순간에 무너지는 경험을 많이 갖게 된다.

또한 볼링의 경우도 그렇다. 볼링은 실내운동으로 나름의 재미가 있어서 동호인이 많은 운동이다. 12차례 연속의 스트라이크를 퍼펙트(300점)라고 하는데 제아무리 볼링 애호가라도 이것을 달성하기는 매우 힘들기 때문에 많은 애호가들이 노력하며 도전한다.

그러나 일주일에 한두 번 즐기는 사람들은 보통 200점을 목표로 한다. 사실 200점 달성하는 것도 매우 어렵다. 3번 연속 스트라이크(터키)를 하고 기타의 경우 '스페어'를 하면 가능하기에 그들도 200점 정도는 희망한다.

어떤 경우에는 릴리스가 안정적으로 잘 되어 200점이 가능하겠구나. 그런 생각이 찾아든 순간에 지나친 집중력으로 긴장하게 되면 악마의 저주인 핀이 일직선상에 놓이는 스플릿이 나와서 200점의 기대가 일순간 무너져 버린다.

사실 선수 아닌 일반인들도 골프나 볼링에서 충분한 실력이 있고 강한 믿음과 승부욕이 있으면 긴장감을 뛰어넘어 목표 달성을 할수 있다. 그러나 연습이 부족하고 실력과 기술이 미치지 못하는 데도 우연히 잘 되다가 실수가 자주 나타나는데 이것은 아직 실력이 부족함에도 욕심을 내며 요행을 바라기 때문이다. 운동은 개인에 따른 감각의 차이는 있지만 노력한 만큼의 결과가 비교적 진실하게 나타나는 활동이다.

벤쿠버 동계올림픽(2010.2.12.~2.18)하면 피겨스케이팅의 김연아 선수를 연상케 한다. 여러 가지 여건상 사실 피겨스케이팅은 우리 한국선수들에게는 감히 금메달은 고사하고 메달 권에 진입하는 것도 사치스러운 희망이었다.

그런데도 어려운 여건에서도 꾸준히 노력한 김연아 선수는 기량이 날로 향상하여 벤쿠버에서 역대 최고의 점수로 금메달을 수상한 스타중의 스타였다.

벤쿠버 동계올림픽 전까지만 하여도 1990년생 동갑내기인 귀여운 용모의 일본 선수인 아사다 마오가 기록에서 약간 앞서 있었다.

사실 이 종목은 미국, 캐나다, 일본, 러시아 등이 올림픽 우승을 누리는 강국들이었다. 이런 세계의 경쟁 판도에 변방나라 한국의 김연아는 혜성같이 나타난 출중한 선수였다.

김연아 선수가 벤쿠버 올림픽 출전을 위하여 출국하던 때에 유력한 메달후보라서 언론사들이 인터뷰를 요청하여 카메라에 나와 인터뷰하는 모습을 보게 되었다.

"올림픽에 임하는 각오와 일본의 아사다 마오 등의 경쟁이 예상되는 선수들에 대한 준비는 되어있는가?"라는 질문에 "나는 경쟁관계에 있는 선수나 관중을 의식하지 않고 즐긴다는 마음으로 최선을 다하겠다."라는 의미 있고 당찬 인터뷰를 하는 모습을 보고는 기량이 있는 아사다 마오 등의 경쟁 선수들 에게 이번에는 김연아 선수가 결코 뒤지지 않을 것이란 생각이 들었다.

"천재는 노력하는 자에게 못 이기고 노력하는 자는 즐기는 자에게 못 이긴다."라는 명언이 있다. 김연아 선수가 이 명언의 의미를 잘 알고 한 인터뷰였는지는 모르지만 그가 말한 대로 김연아 선수의 당찬 마음가짐과 거의 완벽한 연기는 메달을 노리던 훌륭한 선수들은 더 이상 경쟁 상대가 아니었다.

이길 수 있다는 강한 믿음이 있고 침착하고 승부욕이 강한 사람에게 승리의 여신은 언제나 함께함을 무하마드 알리나, 김연아 선수의 경우에서 잘 나타나고 있음을 본다.

김연아 선수가 주위를 의식하지 않는 당찬 성격의 소유자라면 라이벌 이었던 아사다마오 선수는 큰 대회에 부담을 가지고 주위를 의식하는 성격의 소유자인 것 같다.

반면에 권투의 알리 선수는 기량이 뛰어나서 대개는 상대를 제압할 수 있으나 악착같은 승부 근성이 부족하여 어떤 경우에는 상대에게 질 수도 있겠다는 약한 마음으로 임하여 챔피언 벨트를 여러 차례 빼앗겼을 것이란 생각이 된다.

충분히 준비하고 훈련을 했음에도 불구하고 부정적인 생각들이 내 땀과 노력을 의심하게 만든다. 불가능할 것 같은 일도 '할 수 있다'는 자신감이 있는 사람들에게는 불가능은 다만 시간이 조금 더 걸리는 문제일 뿐이다.

물론 모든 것이 가능할 수는 없다. 그러나 당신이 할 수 있는 최선을 다하였다면 당신의 땀과 노력을 믿어야 한다. 믿는 자에게 강한 정신력도, 경기를 즐길 수 있는 여유도 가지게 되어 불가능을 가능으로 바꾸는 기적이 나타날 수 있는 것이다.

조직문화 이야기

조직 생활을 하다보면 누구에게나 '상사 복'이라는 것이 있다.

새 직장에 들어갔을 때, 새로운 팀으로 이동하였을 때, 팀장이 바뀌었을 때마다같이 일하기 싫은 상사를 만난다면 상사 복이 너무도 없다는 생각이 들 것이다.

같이 일하기 싫은 상사에게는 세 가지 유형이 있다고 생각되는데, 첫째는 인상이 글러 먹은 유형, 둘째 무능력하고 결정 장애가 있는 유형, 셋째가 이제 이야기할 Micromanager이다.

업무를 위임하지 못하고 전부를 자기가 직접 하려는 사람, 맡긴 업무에 대해 부하직원을 믿지 못하고 미주알고주알 세세한 내용까지 지시하는 사람을 micromanager 즉 좁쌀영감 같은 직장 내 스트레스 유발자를 이름 하는 명칭이다.

시시때때로 직원에게 맡긴 업무에 대해 보고하라 하며 PPT의 줄 간격이 어떻다느니 네모의 굵기나 색깔이 마음에 들지 않는다느니 하는 상사를 떠올려 보면 된다.

Micromanager가 같이 일하기 싫은 다른 유형에 비해 특이한 것은 나머지 유형은 소위 말하는 좋은 직장(스펙, 경력을 따지는 대기업, 컨설팅 등)으로 갈수록 만날 확률이 낮아지는 반면, Micromanager는 오히려 그런 곳에 더 많은 것이다.

인성이나 능력에 문제가 있는 사람들은 보통은 자기에게 문제가

있다는 사실을 조금은 인지하고 있다.(그것을 안다 해도 반복하는 경우가 많지만)

하지만 Micromanager는 본인이 Micromanager라는 사실을 전혀 모르는 경우가 많다. 누군가가 그것을 지적하면 자기는 그런 사람이 아니라고 광분하는 경향이 있다.

자율적 조직문화에서 Micromanagement의 폐해는

1. 조직원의 사기가 떨어진다.

직장생활을 하다보면 나 스스로 통제할 수 있는 것은 하나도 없다고 느끼는 두 가지 상황이 있다.

첫째는, Micromanager가 자기 스케줄대로 내 일정을 뒤죽박죽으로 만들어 놓을 때(시간에 대한 통제권)

두 번째는, Micromanager 밑에서 일할 때(일에 대한 통제권) 이때는 상사가 시키는 일을 그대로 하거나, 본인이 할 일을 상사가 다시 고치거나 하는 상황이 반복된다.

이럴 경우 직원들의 동기부여 수준이 급격히 떨어지고 그 모습을 본 상사는 아랫사람들의 일하는 태도가 마음에 들지 않으니 더욱 Micromanage를 하는 악순환이 시작된다. 이 악순환은 보통은 팀원의 퇴사로 마무리 된다. 그러나 새로운 팀원이 들어오면서 다시 시작된다.

2. 아무도 책임을 지지 않는다.

Micromanager 밑에서 일하는 사람들의 특징은 본인이 한일에 대하여 본인이 한 것이라 인정하기 싫어한다. 보고서 글자의 크기, 토씨 하나까지 윗사람이 시키는 대로 했으니 자기는 그냥 손발에 불과하다고 생각한다.

결과가 좋았을 때는 좀 낫지만 결과가 좋지 않았을 때가 문제다. 일을 진행한 사람은 시키는 대로 했을 뿐이라고 생각한다. 반면 일을 시킨 사람은 자기가 시켜놓고도 보통은 책임을 지지 않는다. 부하가 한일이 자기가 시킨 대로 안한 부분을 집요하게 찾거나, 자기는 아이디어를 줬을 뿐인데 그걸 그대로 하면 어떻게 하느냐는 등의 책임을 떠넘기는 이유가 각양각색이다.

제일 짜증나는 부류는 이렇게 하면 일이 안 되는 줄 알면서 미리 말을 해야지 왜 그대로 했느냐고 방귀뀐 놈이 성내는 경우다.

도저히 주도적일 수 없는 환경을 만들어 놓고 평가 철이 되면 주도적이지 않네, 운운하며 낮은 점수를 준다. 결국 팀원의 퇴사로 마무리 된다.

3. 리더를 키울 수 없다.

Micromanage가 만연한 조직의 가장 큰 문제는 그 조직에서는 더이상 리더가 만들어 질 수가 없다.

리더의 가장 중요한 역할은 의사결정을 내리는 것이다. 어떻게 의사 결정을 내려야 하는지는 오직 연습과 노력으로 가능할 것이다.

승진할 때마다 조금씩 넓은 범위의 의사 결정을 내려 보고 그 의사 결정이 어떤 파급효과를 가져오는지 관찰하고 혹시 잘못된 의사 결정이 내려졌을 때 어떻게 수습해야 하는지를 배우는 것이 조직에서의 성장과정이다.

왜 사람들은 Micromanager가 될까?

조직에서 명확하게 일이 위임(deligation) 되기 위한 몇 가지 전제 조건이 있다.

가. 명확한 목표가 설정되어 있는가?

나. 그 일의 제약조건(constraint)들은 무엇인가?

다. 그 일을 어떻게 해야 하는가?

이것을 뒤집어 생각해 보면 왜 사람들이 Micromanger가되는지 생각해 볼 수 있다.

명확한 목표나 제약조건이 없다. 목표와 제약조건이 불명확하면 자주 '무엇을'이 아니라 '어떻게'에 집착하게 된다. 일이 시작될 때 제대로 공유가 안 된 '무엇'은 일이 끝날 때 쯤 가서야 그 모습이 드러난다. 그 동안 상사입장에서는 부하직원이 무엇을 해올지 불안하다.

그 일을 어떻게 해야 하는가?

목표와 제약조건은 일을 맡긴 사람(sponsor)과 맡는 사람(owner) 간에 구체적으로 공유하고 결합(align)되어 있어야 한다.

그런데 그 일을 어떻게 해야 하는가에 대해선 일을 맡긴 사람은 머릿속에 그림을 가지고 있되 그것을 강요해서는 안 된다. 머릿속에 그림이 필요한 이유는 맡는 사람이 도움을 청할 때 같이 고민하고 지원을 해줄 수 있어야 하기 때문이다. 그러나 그것을 구체적으로 owner에게 알려주거나 강요해서는 안 된다.

어떻게 풀어 나갈지는 owner가 우선적으로 고민해야할 영역이기 때문이다.

Sponsor가 어떻게 해야 할 지를 알려주면 Owner는 그 안에 생각이 갇힌다.

옳고 그름을 떠나서 윗사람이 이야기한 내용으로 경계가 처지는 것이다.

생각하는 힘이 길러지지 않고 혹시 결과가 나쁘면 "시키는 대로 했다."라고 변명할 꺼리만 주어진다.

직원은 업무에 대한 통제권을 갖고 자신의 기량을 펼쳐볼 기회도 없이 상사가 시킨 일만 하거나 본인이 한일을 전부 상사가 고치는 상황이 반복되다보면 직원들은 동기가 결여되고 마이크로 매니저는 그런 직원들의 태도가 마음에 들지 않는다는 이유로 더 엄격한 마이크로 메니징을 하기 시작하는 악순환이 반복된다.

아~아 잊으랴 어찌 우리 이날을

　6.25 전쟁은 1950년 6월25일 일요일 새벽 4시경 북한군이 암호명 "폭풍 224" 라는 치밀한 사전 계획에 따라 북위 38도선 전역에 걸쳐 불법 남침으로 일어나 전쟁이다.

　이 전쟁은 김일성과, 스탈린, 마오쩌둥이 치밀하게 모의하고 계획한 전쟁이었다.

　1,500년대 이후 단일전쟁으로는 7번째 많은 사상자를 낸 전쟁이다.

　참전국은 16개국으로 뉴질랜드, 룩셈부르크, 미국, 벨기에 스웨덴, 에디오피아, 영국, 이탈리아, 인도, 콜롬비아, 태국, 터키, 프랑스, 필리핀, 카나다, 호주 이다.

　참전인원은 미국(1,789,000명) 영국(56,000명) 호주(8,407명) 네델란드(5,322명), 뉴질랜드(3,794) 태국(6,326명) 그리스(4,992) 터키(14,936명) 필리핀(7,420명) 콜롬비아(5,100명) 이디오피아(3,518명) 프랑스(3,421명) 합계 1,908,236명

　의료지원, 시설파견국 : 스웨덴, 인도, 덴마크. 노르웨이

　조국의 해방과 독립을 기뻐할 겨를도 없이 북한의 남침으로 촉발한 6,25전쟁 38선이 무너지고 금수강산이 무덤으로 변하고 나서야 언제 터질지도 모르는 휴전선이 새로이 그어졌다. 73년이 지난지금이라도 휴전선에 놓인 철조망을 걷어내면 평화가 오고 통

일이 오려나.

강남 갔던 제비가 돌아오고, 시베리아에 갔던 기러기가 돌아오
듯 철새들도 자유스럽게 넘나드는 휴전선이 건만 같은 민족이라 외
치면서도 지구상의 철 천지 원수로 총부리 맞대고 반목하는 모습은
민족의 수치요 겨레의 아픔이다.

내 생애 꿈같은 민족통일을 보고 싶은 작은 소망이라도 가져볼
수 있는 북한의 민주화는 언제 오려나.
인생의 황혼기에 들어선 늙은이들 가슴을 왜 이리도 아프게 하는
걸까.

따뜻한 천원의 식사

먹는 문제는 우리 모두의 삶의 핵심이다. '따뜻한 한 끼'는 지친 몸을 일으켜 하루를 살아가게 하는 동력이고, 소위 밥벌이는 굴욕을 감수해야 하는 직장인의 애환이다.

최근 대학가를 강타하고 있는 '천원의 식사'는 한국에서 벌어지고 있는 경제사회적 현상의 축약판이다. 2012년 순천향대에서 시작하여 올해 40여개 대학으로 확산된 천원의 식사는 대학 간 빈익빈 부익부 현상을 뚜렷하게 보여주고 있다고 한다. 식재료비 인건비까지 포함하면 천원의 식사 원가는 최소 3,000원이 넘는다고 한다. 최근 밥상물가가 급등했고, 최저임금이 오르면서 원가 부담은 커졌다. 정부가 한끼 당 천원을 지원한다 해도 적자 지속을 감수할 여력이 되는 대학은 많지 않다. 애초에 농림축산식품부가 이 사업에 뛰어든 것은 쌀 소비 확대를 위한 것이었다. 정부는 천원 식사지원 예산을 두 배로 늘리겠다하고 야당은 모든 대학을 지원하겠다고 나섰다.

먹는 문제는 중요하지만 이는 전제가 있다. 안정적 재생산이 가능해야하고, 이로 인하여 다른 먹고사는 문제에 해악을 끼치지 말아야 한다. 국가 채무가 1000조원 돌파한 지금, 학자금 무이자 대출법, '전 국민 1000만원 기본대출' 같은 정치권의 비이성적인 포퓰리즘을 보면 천원의 식사가 그리 따뜻하게 만 느껴지지 않는다.

그러나 우리교회의 경우는 70세 이상의 성도들에게는 천원의 따뜻한 식사를 위하여 식권을 발부하여 점심식사를 일 년 넘게 제공하고 있다. 비용은 성도들이 자발적으로 지원하는 경우가 많으며, 교회의 중직 자들도 지원하고, 식당 봉사자는 식자재 조달하는 여성분과, 조리책임자와 조리사 7명이 수고하고 밥그릇을 닦고 정리하는 설거지도 성도들의 자발적인 봉사활동 이기에 인건비는 없고 식자재비만 가격인상이 약간 있을 뿐이라서 대학이나 사업장에 비하여 원가가 비교적 작기에, 벌써 일 년 이상을 천원의 따뜻한 점심 식사를 제공하고 있다. 교회라는 단체가 하나님과 예수님 말씀을 믿고 따르는 거룩한 봉사 조직이라서 봉사활동과 나눔의 인식에 익숙하여 우리 교회 뿐 아니라 많은 여타 교회에서도 점심 식사제공이나 기타 행사시 봉사는 자연스럽게 진행되는 현상이다. 물론 기독교 뿐 아니라 불교의 사찰에서도 차이는 있겠으나 신도들과 스님들에게 음식 보시라는 명목으로 한 두 끼 식사는 제공하고 있다. 교회의 특별한 행사로 점심식사 제공이 없는 경우에는 각자 적당한 방법으로 점심식사를 해결해야 하니 천원의 식사가 얼마나 따뜻한 것인지를 마음 깊이 느끼게 된다.

전승절

1953년 7월 27일은 정전 협정 체결일 이다.

북한은 1950년 6월 25일 일요일 새벽에 기습 남침 했다가 패전하고도 거짓자료를 만들어 이겼다고 선전하고 있다.

북한은 7월 27일 정전협정 체결일을 조국해방 전쟁 기념일 '전승절'이라고 부른다.

북한이 6.25전쟁에서 이겼다는 것은 도대체 사리가 맞지 않고 앞뒤가 어긋나는 어불성설이다.

전쟁의 면면을 뜯어보면 6.25 전쟁은 국군과 유엔군, 그리고 자유 민주주진영의 승리가 명백하다.

애초에 이 전쟁은 김일성이 한반도 적화통일을 내걸고 소련 스탈린의 재가를 받아 1950. 6. 25일에 개시한 침략 전쟁이었다. 그러나 그 목적은 철저히 실패 로 돌아가 적화 통일은 무산 됐다. 반면에 자유 민주주의 진영의 최전선을 지키겠다는 국군과 유엔군의 목적은 완수 된 것이다.

한국 전략문제 연구소 주은식 소장은 북한은 전쟁 목적의 달성에 실패 했을 뿐 아니라 점령지역도 전쟁이전 보다 3,900 평방km 이상 줄어들어 "지리적으로도 손해 보는 전쟁을 했다" 면서 북한이야말로 패전국이고, 한국과 UN의 참전국이 승전국이라 말했다.

정전 이래 70년간 한국은 정치, 경제, 문화적으로 빠르게 성장하여 북한과 많은 격차를 벌리며 세계 경제 10위권 국가로 발돋움했다. (한국의 경제 규모 소득 3만 달러를 넘고 북한은 1,400달러로 남한과 북한의 경제력 차이는 2019년 기준 무려 남한은 북한의 54배가 넘는다.

이러한 사실 자체만으로 6.25 전쟁은 우리의 승리며 7.27은 그 승리의 시작일이다

북한은 7월 27일을 조국해방 전쟁 기념일 전승 절이라고 요란을 떨고 기념하지만 우리 한국은 7.27 기념에 너무 소극적인 것 같아서 아쉽고 걱정이 된다.

4부

다우다의 불빛

도로 묵이 된 은어

은어는 동해안 근해의 목어(木魚)로 겨울철 냉수성 어종이다.

톡톡 터지는 알맛, 연하고 담백한 살맛으로 구워 먹고 찌개로 먹는 겨울철 별미인 물고기다. 주로 바다 동해에서 대부분 서식하지만 산 높고 깨끗한 물이 흐르는 계곡의 민물에서도 서식한다.

조선조 선조대왕께서 임진왜란 때 고달픈 피난길에 진상 받은 별미라서 "앞으로 이 생선을 은어銀漁라 부르라" 지엄하신 분부로 특급으로 승진 시키셨다. 하지만 왜란이 끝난 후 다시 맛을 보고는 실망해서 "도로 묵이라 해라"하고 내치시니 "전하! 정녕 이럴 순 없사옵나이다," "통촉하여 주옵소서" 토사구팽, 변덕 입맛, 개탄 스럽습니다.

예로부터 잘나고 귀한 고기는 '은어銀魚요 못나고 흔해빠진 건 '묵'이라 목어木魚도 천덕꾸러기 '묵'이 됐지만 물고기 팔자 시간문제 였든가

원폭 피해 특효, 백혈병 특효 입소문에 일본 수출로 날개 단 귀하신 몸이 되니 강원도 속초 동명항, 양양군 물치항, 수산항, 남애항엔 '말짱 도루묵'에서 팔자 고친 '금 도루 묵' 문전성시

"앞으론 제발 내 이름 좀 팔지 마라" 말짱 '도루묵'이 아니라

'도로무익徒勞無益'이니라 이후로 말짱 도루묵 이란 말이 세인들

에 회자 되었는데 "최대한 노력하여 기대를 가졌는데 기대가 사라져 큰 실망을 가지에 되었음"을 이르는 말이 되었다.

라마단에 대한 고찰

라마단은 이슬람교의 금식기간이다. 아랍어로 더운 달을 의미 하는데 이는 타는 듯한 더위를 의미하는 라미다에서 유래 되었다고 한다.

달의 움직임을 따르는 태음력인 이슬람력을 따르기 때문이다.

태음력인 이슬람 역은 일 년 평균이 354일이며 그레고리력(양력)보다

11일 가량 짧다. 한국, 중국 등 동양권 음력과 달리 계절 변화를 반영하기 위해 두는 윤달이 없기 때문이다.

아홉째 달을 성스러운 단식기간으로 정한 것은 이슬람교의 창시자 무함마드가 알라의 계시를 받은 시기가 9월이기 때문이다.

라마단은 지역별로 11~12일 전후 시작해 다음달 9~10까지 20~22일간 이어진다.

이 기간 무슬림은 매일 일출부터 일몰까지 금식, 금욕을 해야 한다.

라마단 시작 시점이 해마다 들쑥날쑥 인 것은 라마단 날자가 이슬람력을 따르기 때문이다. 라마단은 이슬람력 기준으로 아홉째 달이다.

라마단 기간 동안 무슬림은 낮 동안은 철저히 금식하고 해가 진후에 먹고 마신다. 라마단 기간 동안 철저히 관례를 지키는 그들이다.

그들의 전통과 믿음의 열정은 본받아야 할 점이 많음을 깊이 느꼈다.

나는 1974~1976년 1978~2020년 2차례에 걸쳐서 사우디아라비아 수도 리아드에서 4년을 건설회사의 외국 자재 조달 담당으로 근무하였다.

사우디 인들은 하루에도 2~3차례 예배의 신호가 울리면 자동차를 운전하고 가거나, 걸어가다가도 우선 멈추고 가까운 기도 장소에서 예배 신호가 멈추기까지 철저히 기도를 드린다. 그런 모습을 보고 그들의 알라신에 대한 열정적인 믿음에 감화를 많이 받았다. 4년 후 근무를 마치고 귀국 한 후에 모친과 여동생의 전도에 따라서 집에서 가까운 방주교회에서 오늘날 까지 그리스도인으로 지내고 있다. 그리하면서 사우디 근무기간 동안 항상 느끼던 사우디인들의 믿음 생활 보다 부족하지는 않으려고 많이 노력 하고 있다.

위대한 걸작 품

우주에서 기장 위대한 걸작 품은 지구입니다.
지구에서 가장 위대한 걸작 품은 사람입니다.
사람에게 가장 위대한 걸작 품은 사랑입니다.

사랑하면 힘이 생깁니다.
사랑은 상처에서 더 아름답게 피어납니다.
조개는 아픔을 품고 사랑했기에 썩지 않고
영원히 빛나는 진주가 되었습니다.

상처와 실패에서 싹이 돋는 것이 참사랑이요 대성공입니다.
가시 품고 아픔 이겨내어 피어난 꽃이 빨간 장미입니다.
인생 한번 사는 것 가장 아름다운 사랑을 맘껏 해 보시기 바랍니다.
모든 세상은 우리의 사랑의 대상입니다.

계절의 왕 5월의 단상들

　눈보라 날리던 추운 날씨도 따스한 봄날이 무르익어 삼라만상이 기지개를 펴기 시작하는 5월이 되여 목련이 하얀, 분홍의 꽃을 피우면 기다렸다는 듯이 진분홍의 진달래, 샛노란 개나리 그리고 매화꽃 살구꽃, 벚꽃 등 5월에 피는 꽃 들은 부지기수다.

　계절의 왕은 5월이요, 5월의 여왕은 꽃 중에 꽃 장미꽃이다.

　좋은 계절이다 보니 5월엔 어린이날, 어버이날, 스승의 날, 부부의 날, 성령 강림절, 부처님오신 날 등의 행사도 많다.

　요즈음은 전에 비하여 약간 위축된 느낌이 있지만 이화여대의 메이퀸 선발행사가 있는데 대학생들에게는 잘 알려진 오월의 행사였다. 메이퀸은 용모가 아름답고 단정해야할 뿐 아니라 학업 성적이 우수한 학생에게 주어지는 행사라서 이대의 메이퀸은 동시에 선발되는, 용모가 중요시 되는 미스코리아 선발 대회 보다 품격이 있어서 대학생들 에게는 선망의 대상이었다.

　오월을 빛낸 메이퀸들은 재벌가나, 좋은 가문의 며느리가 되는 경우가 많아서 장래의 부귀영화를 보장 받게 되는 5월의 중요 행사로 관심이 많았다.

　오월은 신록의 계절이다. 겨우내 움츠리던 나목들이 앞 다투어 싱그러움을 과시 하는데 전나무의 바늘잎도 연한 살결 같이 보드랍다. 신록을 바라보면 내가 살아 있다는 것이 참으로 즐겁다. 연한 녹색은 나날이 번져서 어느덧 짙어지고 말 것이다. 유월이 되면 녹음이 우거지리라

그리고 태양은 정열을 퍼붓기 시작 할 것이다. 오월은 아름다운 계절이라서 어렵사리 대학문에 들어선 남녀 학생들에게 자기에게 맞는 파트너를 찾기 위한 미팅이라는 행사를 가지게 되는 미팅의 계절이기도 하다.

나는 재학 중에 병역의무를 완료하고 복학하여 3~4년 어린 후배들과 같이 수강을 하였는데 다행히 같은 복학생 신윤철과 가장 가까이 지내며 후배들과 같이 열심히 공부하며 지내던 중에, 비인기 학과를 마친 학업능력이 우수한 학생들에게 학교 당국이 자기가 원하는 대학의 학과에 편입하여 다시 공부할 기회를 배려하여 주는 제도가 있었다. 비교적 인기 있는 대학인 상대나 법대를 선호하는 경향이 있어서 농대, 사대, 문리대에서 심지어 공군사관학교 졸업자가 위탁교육생으로 입학하여 복학생이라곤 두 사람 밖에 없던 경영학과에 무려 8명의 복학생이 등록 하여 년 령이 비슷한 10명의 학생이 있게 되었다. 어린 후배들과 수업을 열심히 하며 무료한 시간을 보내던 우리 두 사람은 새로이 합류한 10명과 자주 만나 공부하면서 같이 식사도 하고 영화 관람도 하면서 무료함을 달래고 공부하면서 열심히 지냈다. 그러던 중 아름다운 계절 5월을 무의미하게 지낼 수 없어서 여대생들과 미팅을 자주 하여보기로 결심하였다.

5월과 10월에 주로 이대와 숙대를 방문하여 학생회 간부들과 자주 만나기로 하였다.

한번은 5월초에 용산구 청파동에 있는 숙대를 찾아서 경비실에 들러서 학생회 간부를 만나게 하여 달라고 부탁하니 어디서 왔느

냐, 구청에서 왔느냐? 동사무소 에서 왔느냐? 묻기에 학생에게 터무니없는 소리를 하는 구나 ! 생각하며 우리는 서울대 재학 중인 학생들로 숙대생들과 미팅을 하고자 관련학생을 만나고자 합니다. 설명하 고 학생증을 보여 주며 말하니 나이가 들어 보여서 학생이 아닌 공무원으로 생각 했네요. 미안합니다. 하며 관련자에게 요청하여 만나게 하여 주었다. 이일로 우리는 숙 대 영문과 학생들과 소위 미팅이라는 기회를 갖고 1달 이상을 이때 만난 파트너들과 각자 진지한 시간을 보냈다. 처음이었지만 좋은 기회를 가졌다.

그 후 9월 초순에 이번엔 신촌에 있는 이대를 찾아서 학생회 간부들과 만나서 미팅을 부탁하여 일주일 후 토요일 12시에 학교 앞 큰 다방에서 만나기로 하였다.

기다리던 날자와 시간이 되어서 우리 복학생 들 10명이 같이 장소에 도착하니 그들의 총무격인 한 여학생이 우리에게 표를 나누어 주면서 같은 번호를 가진 여학생이 자기의 파트너가 된다고 설명하고 각자 자리에 앉아 있으라 하여 설레면서 앉아 있으니 잠시 후에 10명의 학생들이 들어와서 같은 번호를 가진 남성을 찾아서 자리를 같이하여 본격적인 대화를 나누기 시작 하였다. 그런데 가운데 앉아 있는 우리들의 한 친구에게 여학생이 찾아서 않는가 하였는데 웬일인지 갑자기 일어나 나가 버리는 것이 아닌가.

무슨 일인가 친구들 모두가 걱정하며 자기들 각자의 파트너와 대화를 시작하며 2시간의 즐거운 시간을 보내고 서로가 통 성명하고 다시 만날 일자와 시간을 정하고 미팅을 끝냈지만 처음에 앉자마자 나간 여학생의 사연이 궁금하여 여학생들의 총무인 학생에게 물어 보니 "머리가 크고 인상이 아니구나 생각되니 구차하게 시간을 보낼 필요가 없다 고 생각하는 순간 일어나게 되었다" 하면서 매우

"미안하다고 하더라"는 소리를 들었다. 이 친구는 부산고 출신으로 문리대 물리학과를 나온 수재였다. 그 일로 많이 실망하였는지 공부에 몰두하더니 미국유학을 떠나서 학위를 받고는 명문대학의 교수로 재직 중이라는 소식을 들은 것이 3년 전이다. 우리들 남성들 중에서는 머리가 크던, 키가 작던지 별로 문제가 되지 않지만 여성들은 상대를 찾고 만나는 일이 매우 중요한 것임을 그때에 알게 된 여러 기억이 지금도 생생하게 떠오르는 푸른 5월의 기억이다.

이때에 만난 여성과 결혼하여 큰아들은 수원의 아주대학 교수와, 작은 아들은 서울대 치대를 나와 훌륭한 치과 의사인 두 아들을 두고 재미있게 살던 친구는 5년전에 아끼던 아내를 떠나보내고 지금은 외롭게 지내는 친구를 생각나게 하는 5월이기도 하다.

되살아나는 K 원전 생태계

현대 건설이 총사업비 140억 달러(약 18조 7,000억원)
불가리아 원전건립 공사를 계약하였다.

2009년 우리나라가 원자로 공급과 시공을 모두 담당했던

아랍 에미리트 UAE 바라카 원전이후 15년 만의 최대 규모의 해
외 원전사업으로, 문재인 정부 탈 원전 암흑기 때 끊겼던 원전수출
이 본격적으로 재계가 될 것이란 전망이다.

원전 일감은 2022년 2조 4,000억원에서 올해는 3조 3천억 원으로
늘었고 원전학부 대학원 입학생 수도 2021년 681명에서 작년 751
명 까지 늘었다.

반도체 수율

전체 제품 대비 정상 제품 비율 즉 불량 제품이, 기업이 축적한
Know-how 등 다양한 조건의 영향을 받는다. 초미세 공정으로 갈
수록 수율을 높이기 어렵다. 그러므로 반도체 기업의 생산성, 수익
성, 기술력을 가늠하는 지표로 여겨진다.

기술 주도권을 쥔 삼성전자가 초 격차 전략을 실현하며 글로벌 1
위 메모리 반도체 업체가 되었고 일본의 D램 업체들은 모두 몰락하
였다.

반도체 업계에서는 현재 대만의 TSMC 와 삼성전자의 반도체 파
운드리(위탁생산) 시장 점유율 격차도 수율 때문이라고 본다.

은행 없는 삼성금융

삼성화재. 삼성생명. 삼성카드. 삼성증권 네트워크의 4개사가 지
난해 순이익 4조 8705억원 을 기록하였다.

기타 KB 금융 4조 6319억원 우리금융 2조 5617억원

신한금융 4조 3680억원 메리츠 금융 2조 1,333억원

농협금융 2조 2343억원

마로니에*maronnier*의 추억

마로니에는 프랑스에서 부르는 이름인데 다정하고 로맨틱한 분위기의 이름이다. 이파리가 일곱 개라 우리나라에서는 가시 칠엽수, 서양 칠엽수라고 부른답니다.

나무가 듬직하고 잎사귀가 크고 무성해서 그늘을 활짝 펼치는 시원한 나무이고 여름에는 하얀 송이 꽃송이들이 고와서 세계 4대 가로수 중의 하나랍니다. 너도밤나무 과에 속하는 낙엽 교목이라 공원이나 가로수에 어울리는 마로니에 열매도 밤송이처럼 뾰족 가시가 있고 발로 비벼 껍질을 벗겨내면 반질반질 윤이 나는 알밤이랑 비슷하지만 생으로 먹으면 아니된 답니다. 떫은맛이 나고 독이 있어서 다람쥐도 먹지 않는 다고 합니다.

그런데요 노래 속 마로니에 공원나무는 가시 칠엽수가 아닌 일본 침엽수라 합니다.

내가 마로니에 관심을 가지게 된 것은 우리 아파트의 담 넘어 건물에 마로니에 큰 나무가 있어서 초가을이 되면 칠엽수의 마로니에 잎과 밥송이같이 뾰족한 가시가 있는 마로니에 열매가 화단에 떨어지는데 운동화 신은 발로 비벼 껍질을 벗겨내면 알밤과 크기와 색깔이 같은 열매를 아파트에 사는 젊은이들이 호기심에서 먹지나 않을까 걱정이 되어 자료에 찾아보니 독이 있어서 먹어서는 안 된다고 젊은이들에게 주의를 당부하고 하다 보니 학교 시절에 보던 마로니에 가 많이 회상 되곤 하였다. 지하철 4호선 혜화역 앞 마로니에 공원이 자리한 그 곳은 옛 서울대 문리대와 법대의 정원이 있던 곳이다. 1975년 서울대학교 문리대와 법대가 관악 캠퍼스로 옮긴 뒤 그 자리에 조성된 공원이다.

1929년 4월5일 서울 시민들을 위한 문화 예술의 터전으로 문을 연 마로니에 공원은 옛 서울대학교 문리대와 법대 자리에 마로니에 나무가 자라고 있어서 마로니에 공원이라는 이름이 붙었다. 어린이 놀이터, 연못 분수공원 조각품 매점 등의 시설을 갖추었으며 이중 야외무대는 아마추어 가수들의 공연장으로 쓰이고 있다. 공원의 중심부에는 문예회관 대극장, 바탕골 소극장

샘터 파랑새 극장, 코메디 아트홀, 동숭아트 센터 등의 소극장이 몰려 있었다. 연 중 무휴로 개방되어 젊음의 향기를 만끽 할 수 있는 장소였다.

또한 공원 주변에는 구 서울대학교 본관(사적 278) 창경궁(사적 123) 종묘(사적 125) 창덕궁(사적122호) 등의 사적이 있어 주변 볼거리가 가득하다.

가시 칠 엽수 마로니에는 껍질의 색과 모양이 밤과 매우 비슷하지만 마로니에 열매는 먹지 말아야 한다고 한다.

열매 표면이 매끈한 일본 칠엽수와 달리 밤송이처럼 것 껍질에 예리하고 날카로운 가시가 돋아나 있어서 가시 칠엽수 또는 서양 칠엽수라 불리는 마로니에 열매는 국수나 떡 같은 음식을 해 먹을 수 있지만 탄닌이라는 독성이 존재해서 물에 잘 씻어 탄닌을 제거하여 먹을 수는 있으나 가시 칠엽수의 마로니에 열매는 잘못 섭취시에 위경련, 현기증, 구토 등의 증상이 발생할 수 있어서 먹지 않는 것이 좋다. 이 밤을 잘못 먹었다간 영원한 밤이 올수도 있다는 표현도 있다.

한국 마로니에 공원의 마로니에는 서울대 의대가 경성제국 대학

이던 시절에

　일본인 교수가 칠엽수 나무를 옮겨 심으면서 붙여진 이름이다.

　마로니에는 너도밤나무 과에 속하는 낙엽교목으로 여름에는 하얀 송이 꽃송이 들이 고와서 세계 4대 가로수 중의 하나랍니다.

　마로니에를 노래하다

　(지금도 마로니에는 피고 있겠지 신명순 작사 김희갑작곡)

　루~~~~~~ 루~~~~~~

　지금도 마로니에는 피고 있겠지 바람이 불고 낙엽이 지듯이

　덧없이 사라진 다정한 그 목소리 아~ 청춘도 사랑도 다 마셔 버렸네

　그 길에 마로니에 잎이 지던날 ~~

　루~~~~~~ 루~~~~~~~~

　 지금도 마로니에는 피고 있겠지

　친구와 다정히 걷던 길에 마로니에 나무가 있었습니다.

　나란히 함께 걷던 가을 길에서 반겨주던 추억의 나무는

　키다리 아저씨처럼 여유 롭게 보였습니다.

　나무는 숲에만 있지 않고 기억의 숲에도 서있습니다

　마로니에 공원에도 있고 길가에도 있고 그리고 노래 속에도 있어요.

　아~ 청춘도 사랑도 다 마셔 버렸네. 그 길에 마로니에 잎이 지던 날

　키다리 아저씨 같이 듬직하게 보였습니다.

백운 호수를 다녀오다

　추석 연휴는 일상에 바쁜 모든 이들에게 모처럼의 시간을 가지게 된 귀중한 시간이다. 나는 부모님들이 안 계시고 고향에는 친구도 일가친척도 없는 실정이다.

　형제자매 들이 모두가 내 집에서 가까운 곳에 살고 있어서 명절 때는 우리 집에서 모여서 즐거운 시간을 가진다. 모처럼의 긴 연휴에 그간 아내와 함께한 시간이 없었던 아쉬움이 있어서 아내의 요청에 따라서 추석 다음날 9월 30일 백운 호수를 찾아보았다. 여러해 전에는 호수 길을 돌면서 여럿 종류의 식사를 즐겼던 호수를 10 여 년 이 지나서 오랜만에 찾아본 곳이다.

　백운 호수는 경기도 의왕시 학의동에 있는 1953년에 준공한 인공 호수다.

　병풍처럼 둘러싸고 있는 북동쪽의 청계산과 남동쪽의 백운산 그리고 서쪽의 모락산지점에 25만평의 평지가 있는데 그중 11만평이 (363,638 평방미터가) 백운호수다.

　호수를 끼고 여러 종류의 음식점이 있어서 내가 과천이나 인덕원에 살 때에는 친구들과 자주 방문하였다. 한때 조정경기장이 있던 미사리에 여러 음식점들이 백운호수 주변으로 이주하여 미사리의 민물고기 음식점들은 사라지고 백운호수 주변의 음식점들이 호황을 누리고 있었다. 또한 청계산 자락에 있는 청계사에 3,000년마다 한번 여래가 나타날 때 복덕으로 말미암아 꽃이 핀다는 우담바라가 사원의 부처님 머리에 나타나서 구경하기 위해서 대중들이 문전성시를 이루었던 청계사가 가까이 있다.

모처럼 20여년 만에 백운호수를 찾았더니 지방 자치단체인 의왕시가 훌륭한 구경거리인 넓은 호수 주변의 둘레 길을 데크 로드로 만들어 안전하게 다니며 구경할 수 있도록 하였다. 둘레길 우측은 백운산자락이며 좌측은 관광객들이 빠르게 또는 천천히 움직이는 여럿종류의 배를 타면서 즐길 수 있도록 한 맑은 호수다.

우리는 산으로 나가는 산 입구에 설치해 놓은 의자에 앉아서 호수 둘레 데크로드의 길이가 얼마쯤 될까 생각하고 있는데 뒤 의자에 쉬던 젊은이가 "자기들이 걸으면서 세어 보니 3,400보가 되더라고 하였다" 일반적인 보폭을 기준으로 계산하여 보니 5.3km로 십리를 약간 넘는 거리다. 호수 주변에 식당들은 여전히 호황이다.

또한 백운호수에서 가까운 의왕시 내손동에 있는 세종대왕 넷째 아들 임영대군 이구의 묘역 및 사당(경기 문화재 자료 제98호)이 있으나 잘 알려지지 않아서 사람의 발자취가 잘 닫지 않고 있다고 하는 소리를 들었다.

나는 이번 연휴 때 다녀온 백운 호수를 보면서 4년 전에 3박4일 일정으로 다녀온 상해여행 중에 항주의 상징이자 중국의 10대 명승지의 하나며 거대한 인공호수인 서호유람은 빼어난 경관으로 예술가들에게 많은 영감을 주었다. 특히 송대의 시인 소동파는 아름다운 서호를 소재로 많은 시를 남겼다는 설명이 생각났다.

의왕시가 백운호수를 우리나라의 중요 명승지로 만들고, 주변의 임영대군의 묘역 및 사당을 홍보하여 우리국민들과 외국 관광객이 즐겨 찾는 관광지로 만들면 좋을것이라는 생각을 하여본다.

부부 10계명

1. 누구도 성숙한 상태로 결혼하지 않는다는 것을 안다.
   결혼식만 올리면 부부가 되는 줄 아는 사람이 많지만
   진정한 부부의 탄생은 정서적 결합이다.
   정서적 결합을 이루려면 '이해'가 바탕이 되어야 한다.
   이해는 상대의 단점을 보듬는 태도에서부터 시작 된다.
   배우자 역시 보통의 인간이고 결혼 때문에 바뀐 환경에
   적응하는 시간이 필요하다는 것을 인정하는 것에서부터
   이해는 시작된다.
   따라서 누구도 성숙한 상태로 결혼 하지는 않는다는 사실
   만 알아도 이해를 위한 초석을 다질 수 있다.

2. 남자가 남편이 되는 시간은 여자가 '아내'가 되는 시간
   보다 길다.
   일반적으로 여자는 결혼과 동시에 아내로서의 역할을
   자각하지만 남자는 남편으로서의 역할을 자각하는데
   오래 걸린다.
   그래서 결혼 후에도 결혼 전 삶을 그대로 이어 가려는
   경우가 많다.
   친구, 취미, 술자리 등을 가정보다 우선시 하는 남편들은
   대개 아직 남편이 되지 못한 남자들이다.

결혼 후 발생하는 많은 갈등이 이 때문에 생긴다.
따라서 남편과 아내가 되는 시간차를 줄이는 것이 필요하다.

3. 남자는 doing 여자는 Feeling 그 차이를 줄여라.

4. 말하지 않아도 알 것이라고 착각하지 말라.

다우다의 불빛

다우 다 지역은 러시아의 시베리아에서 가까운 작은 도시로 가정에서 필요한 것을 구입하려면 이리떼가 많은 지역을 지나야 하는 마을이었다. 이리떼는 해질 무렵에 나타나서 이 지역을 지나는 사람을 비롯하여 먹잇감을 노리는 맹수 무리다.

다우 다 지역에 부유한 농부가 있었는데 그는 필요한 물품을 구입하기 위해 작은 도시들을 서너 마리의 말이 이끄는 마차로 마부를 동행하여 다녀오곤 하였다.

그날도 세 마리의 말이 끄는 마차로 오랫동안 함께 일한 마부와 같이 작은 도시로 향하였다. 출발이 약간 늦은 관계로 서둘러 도착하였다. 그러나 필요한 물건을 찾아서 구입하고, 도시의 지인들을 만나서 시간을 보내다보니 날이 저물기 시작하였다. 마부가 주인에게 날이 저물고 있으니 빨리 출발해야 된다고 재촉하였으나 주인은 알겠다 하면서 시간을 끌었다.

초조한 마부가 몇 차례 독촉을 하였으나 상당한 시간이 지난 후에야 출발하였다. 많이 늦어졌음을 알고서도 자신의 잘못으로 늦게 출발하였음에 대하여 마부에게 미안함을 토로하며 다우 다를 향하여 서둘러 나아갔다.

얼마를 지났는지 날이 점점 더 어두워지니 염려한대로 이리떼가 나타나서 마차를 추격하였다. 한참을 지나니 더 많은 이리떼들이 계속 추격하여 상황이 더 어렵게 되었다.

그때에 마부는 말 한 마리를 풀어서 이리떼의 먹이가 되도록 하였다. 얼마간 잠잠하던 이리떼가 또 다가오기 시작하였다. 그때 당황한 마부가 다시 말 한 마리를 풀어서 이리떼를 유인하고 주인은 총으로 가까이 다가오는 이리떼를 견제하였다. 그러나 이리떼는 줄기차게 다가 왔다.

다우 다는 아직도 먼데 한 마리의 말로는 마차의 속도가 늦어서 이리떼를 견제할 수가 없었다. 이제는 마지막 수단을 찾을 수밖에 없는 절체 절명의 시간이 되었다. 이 순간 마부가 주인이 가진 총을 빼앗고는 마 차에서 뛰어 내렸다.

깜짝 놀란 주인이 마부에게 이러면 안 된다고 소리를 지르며 마차를 되돌리려 하였으나 마부는 어둠속으로 사라져 보이지 않고 마차는 앞으로 달리고 있었다.

얼마를 달렸는지 드디어 다우 다의 불빛이 보이기 시작하였다. 다우 다 마을이 가까워지고 있었고 시끄럽게 들려오던 마부의 총소리는 멀리서 아련히 들려오고 있었다.

결국 마부가 이리떼의 먹이로 풀어준 두 마리의 말과 마부의 주인에 대한 위대한 사랑이 주인을 다우 다에 무사히 도착하게 하였다.

'다우 다의 불빛'이라는 내용은 내가 초등학교 5학년 때에 도덕 교과서에 있었던 내용으로 성경 말씀 요한복음 15장 13절의

"사람이 친구를 위하여 자기 목숨을 버리면 이보다 더 큰 사랑이 없나니"라는 말씀을 새기고 있었다.

마부는 주인의 목숨을 지키기 위하여 두 마리의 말과 자기의 생명을 버림으로서 주인을 구한 큰 사랑을 실현한 사연이다.

꽃샘추위

　겨울의 추위를 오랫동안 견디다가 봄을 느끼기 시작하는 3월이
되면 이따금 몇 일간씩 찾아오는 기습추위에 사람들은 움츠려 들고
방송에선 꽃샘추위가 찾아 왔다고 떠들어 댄다.
　'꽃샘추위'는 꽃이 피는 것을 시샘하는 추위라 하여 붙여진 이름
이다.

　기상학적으로는 봄이 되면 겨울 내내 우리나라를 지배하던 시베
리아 기단의 세력이 약화되면서 기온이 상승하다가 갑자기 이 기단
이 일시적으로 강화되면서 발생하는 이상 저온 현상이라고 한다.
　우리에게 익숙한 꽃샘추위도 지구 온난화 현상 때문에 그 현상이
점점 줄어드는 추세로 1990년대는 이맘때 10회 정도 있었는데 최
근에는 5회 정도 라고 하니 꽃샘추위도 이제는 옛날의 기억에 머물
지 모른다는 아쉬움이 있게 될 날이 오진 않을까?

　꽃샘추위, 우리에게 너무 익숙한 기상 현상이지만 이를 가지고
우리나라의 훌륭한 시인 묵객들이 아름다운 시를 짓고 글을 써서
이제는 조금 진부한 주제 인듯하나 바로 지금은 곁에 있지만 곧 우
리 곁을 떠날 것 같아서 사진이라도 남겨 보려는 심정에서 써본다.

　사실 우리에게 겨울과 추위는 해마다 계속되는 일이요, 자연 현

상이지만 겨울이 길다보니 지루하고 싫다. 그러다 보면 우리 마음은 벌써 따뜻하고 꽃이 피는 봄을 그리워하는 마음을 갖는다.

입춘 때면 아직 봄이 멀리 있건만 대문에 '立春大吉'을 크게 써서 봄이 빨리 들어오라고 문을 활짝 열어두었던 풍습이 전래 되고 있었다.

그래서 인지 3월이 되면 그토록 매섭던 바람결도 그리 춥지 아니하고 견딜만하다고 느껴지면 은연중에 봄을 기다리며 방송에선 남녘의 매화 소식을 전해준다.

그런 몇 날을 보내면 물러 난듯했던 추위가 다시 찾아와서 우리는 넣어두었던 목도리를 다시 꺼내서 두르고 종종 걸음을 걷고 집에는 난방을, 음식점엔 난로를 펴대고 관심을 가지고 들어보는 일기 예보는 내일 아침 날씨는 영하의 날씨가 예상되니 옷차림에 신경을 쓰라고 하며, 이 꽃샘추위는 2,3일 계속 될 것이라 하는 두툼한 옷을 입은 기상캐스터가 주목을 받는다.

이럴 때 몸과 마음이 움츠려들어 한 겨울의 추위보다도 더욱 춥고 짜증스럽다. 언제 추위가 사라질까 기대하면서 몇 날을 지내다 보면 서서히 봄기운이 다시 찾아든다.

그래서인지 우리의 선조들은 봄이 왔건마는 도무지 봄이 온 것 같지 않다(春來不似春)라며 꽃샘추위에 대하여 볼멘소리를 하였던 것 같다.

사람이야 추워지면 외투라도 입고 지내면 되련만 이른 시기에 꽃을 피우려는 나무들은 어떨까? 새싹과 꽃 피울 준비를 한껏 하였는데 다시 움츠려 들고 고통을 받아야 하지 않을까?

그렇다. 고통도 받고 아픔도 있겠지만 이 꽃샘추위는 생명체를 연단시키고 매사는 여건이 무르익고 때가 이르러야 한다는 이치를 깨닫게 하려는 자연의 작은 섭리라고 생각하자.

기다림 끝에 찾아오는 봄이 더욱 소중하고 따뜻하며 추위와 된서리를 견디고 피는 꽃이 더 향기롭고 아름답지 않은가!

무더운 열대 지역에서 피는 꽃들은 향기도 적고 덜 아름답다.

이제 보내면 내년에나 찾아올 이 손님을 손수건이라도 흔들어 뒤돌아보도록 환호하며 보내자. 그러면 어느 샌가 싱그러운 새싹과 꽃봉오리가 우리 곁으로 살 자기 찾아오지 않겠는가.

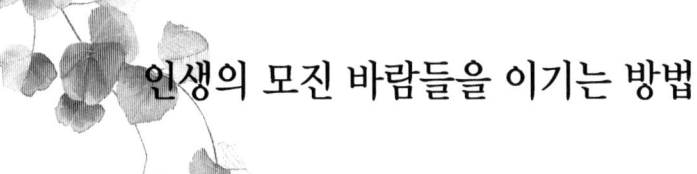

인생의 모진 바람들을 이기는 방법

온상에서는 거목이 자라지 않습니다. 어항에서는 고래가 놀지 않습니다. 비가 내리지 않으면 무지개를 볼 수 없습니다. 거친 파도 없이 유능한 사공이 나오지 않습니다. 바람에 흔들리지 않고 피는 꽃은 없습니다.

어느 학교에 불이 나서 교실이 전소되었습니다. 그런데 불에 그슬려 시커멓게 되었을 뿐 타지 않은 기둥 몇 개가 있었다고 합니다. 이상하여 어떤 일인가 알아보았더니, 해변에서 거센 폭풍을 이겨내며 자란 나무였다고 합니다.

바이올린이나 첼로, 기타를 만들 때 가장 좋은 목재로 인정받는 나무는 1,500미터 이상의 높은 고지에서 성장한 나무라고 합니다. 모진 비바람과 찬 서리, 싸늘한 눈 속에서 자란 나무이기에 그 어떤 나무보다 아름다운 소리를 낼 수 있는 것입니다.

이스라엘 국기에 다윗의 별이 그려져 있을 만큼, 다윗은 역대 왕 중에서 가장 위대한 왕으로 칭송받고 있습니다. 그러나 다윗만큼 많은 바람을 맞은 사람도 없을 것입니다. 다윗은 형제의 바람을 맞으며 성장하였습니다.

사무엘이 8형제 가운데 한 명을 왕으로 기름 부으려고 할 때 형들은 다윗 혼자 남아 양을 치게 했습니다. 무시당하며 자랐지요.

다윗은 사울 왕의 세찬 시기 바람을 맞으며 핀 꽃이기도 합니다. 골리앗을 무찌른 뒤 백성사이에 인기가 높아지자 사울왕은 그를 죽이려고 하여 이때부터 다윗은 쫓겨 다니는 신세가 되었습니다.

자녀들로부터 분 바람도 만만치 않았습니다. 아들 압살롬은 아버지를 죽이고 왕이 되겠다며 반란을 일으켰습니다. 다윗은 대항하지 않고 도망가서 노숙하면서 살았습니다. 그러나 다윗에게 있어 가장 큰 바람은 유혹의 바람이었습니다. 그는 유부녀인 밧세바를 얻기 위해 그 남편을 죽이기까지 했습니다. 다윗에게 밧세바 와의 바람은 평생 아픈 흔적을 남겼습니다.

이처럼 다윗은 수많은 바람에 몹시 흔들렸지만 역사상 가장 위대한 왕으로 꽃을 피워 나갔습니다. 그 비결이 있습니다. "내가 하루 일곱 번씩 주를 찬양하나이다."(시편 119:164) 다윗은 철저한 회개로 하나님의 용서를 받았고, 죽을 때까지 성령을 통하여 마음을 다스리며 같은 죄를 반복하지 않았습니다.

흔들리지 않고 피는 꽃은 없습니다. 기도와 성령에 의지함으로 인생의 모진 바람들을 이기고 우뚝 서는 아름다운 거목이 되기를 바랍니다.

아리랑

아리랑은 작가미상의 우리나라 민요로서 남녀노소 누구나 잘 알고 부르는 노래다. 우리는 흔히 아리랑을 사랑에 버림받고 한 맺힌 어느 여인의 슬픔을 표현한 노래로 생각하고 있다. 하지만 아리랑이라는 민요 속에는 담겨진 큰 뜻이 있다. 원래 뜻은 참 나를 깨달아 인간 완성에 이르는 기쁨을 노래한 깨달음의 노래라고 한다.

아리랑 고개를 넘어 간다는 것은 나를 찾기 위해 깨달음의 언덕, 피안의 언덕을 넘어 간다. 라는 의미다. 나를 버리고 가시는 임은 십 리도 못가서 발병난다의 뜻은 진리를 외면하는 자는 얼마 못가서 고통을 받는다는 뜻으로 영욕을 쫓아 생활하는 자는 그 과보로 얼마못가서 고통에 빠질 것임을 뜻한다고 한다. 이러한 아리랑의 이치와 도리를 알고 나면 아리랑은 한의 노래나 저급한 노래가 아님을 알 수 있다. 아리랑이 세계에서 가장 아름다운 곡1위에 선정되어졌다고 하는데 영국, 미국, 프랑스, 독일, 이탈리아 작곡가들로 구성된 선정대회에서 82%라는 높은 지지율로 단연 1위에 올랐다. 특히 선정위원 중에는 한명의 한국인도 없기에 더욱 놀랐다고 한다.

미국 칼빈 신학대학교수인 버트폴먼 교수는 아리랑 멜로디를 가지고 1990년 미국찬송가 229장을 만들었다고 한다. 그는 미국찬송가 편찬위원 으로서 활동하고 있으며, 캐나다의 찬송가 편찬위원들과도 협의하여 찬송가로 사용하고 있다고 한다.

20년에 한 번씩 투표에 의하여 찬송가를 바꾸고 있지만 아리랑만은 계속 불러지고 있다. 멜로디가 매우 아름답고 흥미롭다고 칭찬을 아끼지 않는다. 미국 미시건주의 한 장로교회 햇불트리니티 대학원대학 김은희 교수는 평화통일과 화해를 위하여 남북이 함께 공감하며 소통할 수 있는 음악을 고민하여 연구 하던 중 8000만 민족의 애창가인 아리랑을 찬송가 곡조(hymn tune)로 찬송 작시 한바 있다. 아리랑 오르간 환상곡 연주와 아리랑 찬송가를 통하여 평화통일과 화해의 방안을 모색하고 있다. 아리랑 은 통일 조국이 함께 부를 민족의 애창가이므로 비록 70년간의 사상과 이념이 다른 체제 속에서 살아왔지만 한 민족 한 동포임을 확인하게 해주는 곡이라고 한다.

우리고유의 아리랑은 한 많은 민속노래로써 괴로울 때나 슬플 때나, 즐겁고 흥겨울때 덩실덩실 춤을 추며 부른 노래 가락이다. 그 종류도 정선아리랑, 진도아리랑, 밀양아리랑 등 다양하게 불러지고 있는데 누가 작사 작곡을 했는지 궁금하여 많은 자료를 찾아보았지만 추측이나 가능성만 있지 확실한 작가는 알려져 있지 않다. 우리 민족들 사이에서 자연적으로 발생되어 불러진 노래라고 볼 수 있다.

아리랑은 본래 노동요의 성격을 갖고 있다. 농부, 어부, 광부들이 각자 그들 생활 속의 사연들을 아리랑에 담았다는 점에서 직업공동체 사회적 공동체의 문화적 독창성이강한 노래가 되었고 민족이 위기에 처했을 때 민족 동질성을 지탱하는 가락으로 유지되고 전래된 것이 아닌가 생각된다.

아리랑은 1926년 조선 키네마 프로덕션의 제2회 작품 나운규 감독의 연화로 한국역사상 가장 초창기에 제작된 명작으로 알려진 영화의 제목으로도 유명하다. 이 작품의 큰 감동은 작품전체가 항일민족정신을 높이고 민족정신을 전통 민요인 아리랑과 연결하여 승화시킨 점이다. 근래에 와서도 연극 영화 뮤지컬 각종행사 등 세계 곳곳에서 아리랑을 소재로 한 작품들이 여러 분야에서 높이 평가되고 있다.

아리랑에서 보듯이 우리 민요의 노래 가락은 홍겹고 부르기가 쉽다. 어떤 가사라도 흥겨운 가락에 맞추어 부르면 음악이요 우리의 고유의 정서가 담긴 민요다.

우리고유의 흥겨운 노래 가락과 춤이 있어서 중국과 동남아를 거쳐서 유럽과 아메리카 대륙을 열광케 하는 소위 한류 열풍이 우연한 것이 결코 아니다. 우리 민족혼에서 솟아 나오는 열정과 풍류가 한류 열풍을 오래전부터 잉태하여 내려온 결과다.

남북 동질감 형성의 모태인 아리랑에 대한 사랑과 성과는 남북통일을 염원하는 토대가 되길 소망한다.

좋은 말들의 모음

세상이 아름다운 것은 사랑이 있기 때문이요
아침에 웃음은 건강을 부르고 저녁에 웃음은 화목을 부른다.

삶이 즐거운 것은 친구가 있기 때문이다.
다정한 말에는 꽃이 핍니다.

구름은 바람 없이 못가고 인생은 친구 없이 못가네
인생에서 가장 큰 보람은 좋은 친구가 내 곁에 있다는 것이다.

인생은 되돌아 갈 수 없고 다시라는 말이 없다.
영원히 시들지 않는 꽃은 없습니다.

예배는 하나님과 인간의 관계를 푸는 열쇠입니다.
늘 예배를 삶의 중심에 놓으므로 언제나 하나님과의 관계를
새롭게 하는 온전한 신앙인이 되기를 바랍니다.

역사는 웬만해서 정의 의 편에 서지 않는다.
평화를 원하면 전쟁을 준비하라

모나리자 효과

영국의 이코노미스트지는 현재 세계 경제가 모나리자 효과로 헷갈린다고 한다.

레오나르드 다빈치의 명작 "모나리자"는 언뜻 보면 미소를 짓 지만 다시 보면 미소가 사라지거나 우울한 표정으로 보이기도 한다.

과학자들은 모나리자의 미소에 83% 행복, 9%의 혐오감, 6%의 두려움이 담겨 있다고 한다.

다빈치는 "스푸마트" 기법을 통해 윤곽을 30번 이상 덧칠해 연기처럼 흐려지는 효과를 냈다. 다빈치는 의도적으로 모호한 효과를 냈지만 코로나 펜데믹 이후 경제는 종잡을 수 없게 흘러가고 있다.

올해 경제 전망은 극과 극을 오간다.

밑 그림 없이 한 번에 완성된 걸작은 없듯이
역경 없는 성공도 없다고 합니다.
남들보다 먼저 나오는 말 보다는 가슴에서 느끼는
사랑으로 어울림 속에서 행복을 찾으세요.

살다 보니
잘난 사람보다, 돈이 많은 사람보다. 많이 배운 사람보다
마음이 편한 사람이 제일 좋더라.
인생을 보람 있게 산다는 것은 어제도 내일도 아니고
오늘이 행복해야 합니다. 행복한 하루 되세요

세상에는 아름다운 보석이 많습니다.
그중에서 가장아름다운 보석은 가장 좋은 친구입니다.

당신은 세상에서 가장 소중한 친구이며 보석입니다.

죽음에 이를 때까지에는 두 갈래 길이 있다.
마지막 순간 좋은 인생 이었다! 고맙구나!
자족하면서 눈 감을 수 있는 행복한 길과
회한의 눈물을 흘리는 불만족스러운 길이다

비와 인생
삶이란 우산을 펼쳤다, 접었다 하는 일이요
죽음이란 더 이상 우산이 펼쳐지지 않는 일이다
성공이란 우산을 많이 소유하는 일이요
행복이란 우산을 많이 빌려주는 일이요
불행이란 아무도 우산을 빌려주지 않는 일이다

사랑이란 한쪽 어깨가 젖는 데도 하나의 우산을
둘이 함께 쓰는 일이요-
이별이란 하나의 우산 속에서 빠져나와 각자의 우산을
펼치는 일이다.
연인이란 비오는 날 우산 속 얼굴이 가장 아름다운 사람이요
부부란 비오는 날 정류장에서 우산을 들고 기다리는 모습이 가장
아름다운 사람이다
비를 맞으며 혼자 걸어가는 사람에게 우산을 내밀 줄 알면 인생의
의미를 아는 사람이다
세상을 아름답게 만드는 것은 비요

사람을 아름답게 만드는 곳은 우산이다
한 사람이 또한 사람의 우산이 되어 줄 때
한 사람은 또한 사람은 마른 가슴에 단비가 된다.

봄비 내리는 어느 아침에 인생을 생각하며

부모 (김소월 작시)

낙엽이 우수수 떨어질 때
겨울에 기나긴 밤,
어머님 하고 둘이 앉아
옛이야기 들어라.

나는 어쩌면 생겨나와
이 이야기 듣는가?
묻지도 말아라, 내일 날에
내가 부모 되어서 알아보리라

지리산 맑은 물

산이 높으면 골이 깊다고 하던가?
무더운 여름에 가뭄이 계속되고 있었다.
그런데
지리산 뱀사골엔 맑고 많은 물이 흘러내린다.

지리산 넓은 골을 굽이굽이 흘러내려
모래는 가라앉고 나뭇잎은 걸러지고
흙은 여과되어
맑고 깨끗한 물이 되었건만
물가에 목말라서 시들고 고개 숙인 풀들은 외면했다.

무심코 흐르다가 모이고 합쳐져서
더러운 강물과 만나 속살거리는 친구도 되고
다시 남해로 흐르고 흘러
망망대해 태평양이 되는
끝없는 여정을 마감하는 맑은 물이여

기행문

에콰도르 여행의 추억

나는 37년 전 컴퓨터가 전 세계의 각광을 받을 때에 삼보컴퓨터를 중심으로 많은 업체들이 컴퓨터 조립사업을 하여 오늘날의 반도체 기업 같이 각광을 받고 부흥하던 무렵에 삼보컴퓨터에 버금가는 뉴텍컴퓨터를 운영하던 장현 사장으로부터 자기회사에 와서 관리 및 금융 업무를 맡아 달라는 간청을 받아서 컴퓨터 업체인 중소기업에서 근무를 시작하게 되었다. 회사는 직원들의 노력으로 매출이 많이 성장하였다. 이런 호황에 힘입어 폐유 재처리 기술개발을 에너지 기술연구소에 연구용역을 주어서 효과적으로 개발한 기술을 활용하고자 대부도에 폐유 정제 공장을 크게 건설하여 운영하던 때에 컴퓨터 수입을 위하여 에콰도르에서 사업하는 한국인 사업가의 초청을 받아서 장 사장과 영업담당 전무와 나는 자금담당 임원의 자격으로 그동안 처음으로 듣던 에콰도르 출장을 가게 되었다. 우리나라와는 직항로가 없어서 김포 국제공항에서 알래스카를 경유하여 뉴욕에서 남미로 가는 비행기로 하루와 반나절이 되어 에콰도르의 키토 공항에 도착하였다. 이 도시 해발고도는 2,850m로 우리나라 백두산(2,744m) 보다 높은 해발 고도다.

초청한 한국교포가 안내하는 바에 따르면 대낮에 자동차로 이동하는 경우 갑자기 어두워지는 경우가 있는데 이것은 구름층을 지나기 때문이니 걱정을 말 라고 하며 해발이 높은 곳이므로 혹시 호흡이 곤란할 경우는 물수건으로 입을 가리면 좋다고 했다. 따라서 낮에 술을 마시거나 운동을 하지 말 라고 단단히 주의 부탁하였다. 그 러면 골프를 치거나 걷기 운동도 할 수 없겠네요? 여기서 오래 살아 온 그분의 설명에 따르면 술은 절대로 마시면 안 되고 골프는 건강 이 좋은 분들은 해도 가능할 것이라 하기에 우리 일행은 오전에는 골프를 하여 보자 하여 다음날 아침에 시작하였는데 공이 제대로 나가는 경우가 없고 무엇보다 중심이 흔들려 골프를 몇 일간은 재 미있게 할 수 있으리란 기대는 완전히 접어야 하였다.

이 나라를 적도가 관통하고 있기 때문에, 적도의 스페인어인 Ecuador(영어Equator) 그대로 따왔다. 에콰도르에는 적도가 지나 가는 곳에 적도 기념관이 있다. 이곳에 발을 밟고 있으면 한쪽은 남 반구 다른 한쪽은 북반구 다. 우리는 각자가 양쪽 발을 짚고 남과 북 을 아우르며 한참을 짚고 서서 세계에서 유일한 분단의 아픔을 가 진 나라의 분단의 아픔을 생각하였다.

에콰도르의 본토에서 서쪽(태평양 방향)으로 약 1,000km 떨어진 곳에 갈라파고스 제도가 있다. 육지로부터 고립되고 진화 방향이 달라져 고유한 생태계를 이루고 있기에 영국의 생물학자 진화론의 창시자인 찰스다윈이 "종의기원 (On the Origin of Species) 을 쓰 기위하여 이곳을 여러 차례 방문했다는 곳이다. 갈라파고스의 코끼 리거북은 175년을 살다가 2006년 노화로 인한 심장마비로 사망하 여 기네스북에 오른 유명한 거북이다. 이 거북이는 1분에 한번 호흡 했다는 이야기가 있다. 보통 혈압기로 호흡을 측정할 때 맥박 수치 가 나오는데 이수치가 낮아야 건강하다고 한다.

우리는 수도 키토에서 업무를 끝내고 승합차로 안데스 산맥을 넘 어 제1의 항구 도시인 과야킬(Guayaqil)로 향하였다. 도로는 잘 되 어있어서 가는데 불편은 없었으나 안데스 산맥은 매우 크고 험준한 산맥으로 우리나라의 태백산과는 비교가 안 될 정도다 3시간 가까이 되어서 과야길 에 도착하여 하루를 머물고 귀국길에 올랐다.

오후에 항구 도시를 잠시 구경하는데 50대가 넘어 보이는 여인이 노점에서 손톱깎기와 가위, 손가방 등을 팔고 있는데 손톱깎기가 필요하여 작고 모양이 예쁜 것을 골라보니 Made in Korea 로 표기되어 있어서 가격의 1.5배인 5달러를 주고 샀다. 얼마나 모양이 예쁘고 잘 깎기는 지 대한민국 조국이 자랑스러웠다. 외국여행을 해보아야 애국자가 된다는 옛말이 옳다는 생각을 하며 여행한 기간이 여러 해가 지난 지금도 생생하게 떠오르는 에콰도르 여행이 꼬리를 물면서 떠오르는 상념을 기억을 하며 그때 구입한 손톱 깎기를 만져본다.

베트남 다낭 여행기

인천 출발 (대한항공)

2024년 3월 31일 18시 20 분 (일요일) 오후 6시 20분
제2 터미널에서 출발하고 다낭에 도착하여 체크인 하고
식사를 하였다.
4월1일 조식 및 휴식. 10시 영흥사관광 후 중식(현지 식)
마사지 및 휴식. 휴식 후 야시장구경
4월2일 조식 및 휴식 마블 마운틴, 바구니 배. 호이안(석식)
4월3일 조식 후 휴식 바나 힐 중식 후 마사지 휴식(서울가든)
4월4일 조식 후 체크아웃 후에 다낭전망대 (장기 두는 할아버지) 에서 식사하고 그리고 마사지를 받다.

다낭 출발

2024년 4월 4일 (목요일) 21시 05
오후 9시 20분 대한 항공 KE 461
인천 도착 2024년 4월 4일 (목요일) 오후 22시 15분
터미널 NO 2

베트남 전쟁 (1964~1973년 10년간)

　미국과 베트남 간의 전쟁에 대한민국도 파병하여 10년간 전쟁끝에 미국이 철수하게 되어 베트남 국민 대부분이 미국으로 피난하여

소위 보트 피플 (BOAT PEOPLE) 베트남 남녀 어린이를 막론하고 베트남 난민 모든 가족들이 철수하는 미국 배에 승선하여 미국으로 피난을 하였다.

그 후에 살아남은 베트남 난민들이 자금을 모아서 조국 베트남을 위하여 세계 에서 가장 큰 불상을 다낭의 언덕에 세워 나라와 민족을 위하여 엄청 큰 불상에 수시 때때로 기원을 하고 있다고 한다. 다낭을 여행하는 외국인들도 큰 불상을 보면서 50여년전 베트남의 가슴 아픈 전쟁을 기억하며 그들 과거의 슬픈 사연을 기억하고 있었다.

우리가 3월 31일 도착하여 4월 4일 출발한 다낭은 한국인들에게 휴양지로 유명한 베트남 남중부 항구도시로 군사 외교적 측면에서 동남아 일대 의 전략적 요충지 가운데 하나다.

다낭의 해변은 미국(포브스)가 선정한 세계 6대 해변 중 하나로 베트남 의 대표적인 휴양지다. 멀리서 바라보면 길게 펼쳐진 세 모래해변은 매우 아름다운 모습이다.

대만을 다녀오다

　동남아를 여행하고자 하면 대부분 태국이나 필리핀 베트남 등을 생각한다.

　그러나 그런 곳은 대체로 한번은 다녀왔기에 모처럼의 여행에 가깝지만 가본 적이 없는 대만을 선택하였다. 대만은 여행지로는 별로 찾지 않는 곳이지만 그저 가깝고 처음 방문지라는 이유로 큰 기대나 흥분 없이 떠난 여행 이었다.

　그러나 대만에 도착하고 보니 관광객이 예상외로 많았고 왜 그런지 일본의 차가 모든 도로를 점령하고 있는 것을 보고는 대만에 대하여 많은 관심을 가지고 이번 여행을 하게 되었다.

　사실 대만은 2차 대전 이후 민주주의와 공산주의 이념이 첨예하게 대립되는 시기에 남한을 열심히 지지하여 민주주의를 사수하는데 힘든 과정을 함께한 혈맹의 동지였다. 그러나 중국의 부상으로 우리나라가 부득이 중국과 수교함에 따라서 국교를 단절하게 되어 대한민국을 의리를 모르는 배신자로 취급하여 관계가 악화되었다가 최근에 대표부를 설치하여 국교를 회복하게 되니 관광을 즐기는 한국의 관광객에게 새로운 관광지로 부상이 되는 것 같다. 대만은 작은 섬나라지만 관광자원이 상당한 나라임을 알게 되었다.

1. 대만의 지리와 역사

　대만은 남한 면적의 1/3, 인구는 남한의1/2 (2,330만명) 국민소

득은 이제는 우리 남한보다 약간 많은 U$35,510 수준인 나라다.

대만은 지질 구조상 유라시아판의 끝자락 경계면에 자리 잡고 있다. 필리핀의 해양판과 유라시아판이 충돌함으로 인하여 해면이 지상으로 융기되어 이루어진 섬으로서 서북부의 바닷가 에는 물고기 종류의 화석을 쉽게 볼 수 있고 퇴적층의 특이한 지질구조를 관찰할 수 있다. 태평양에 면한 동쪽은 지형이 험하여 우리나라 백두산보다 높은 해발 높이가 2,800m 이상인 산도 몇 개나 있다고 한다. 화산 활동도 있고 지진이 심하여 2016년에 진도 6.4의 강진으로 사망자가 46명, 실종자 100여명이 있었고, 지난 2016년 4월28일 본인의 여행 중 밤10시경 호텔에서 취침을 하려는 와중에 심한 진동에 놀라서 호텔 로비에 손님들이 몰려든 적이 있을 정도로 지진이 잦은 불의 고리지역이다. 그래서 일본 못지않게 건물을 지을 때 내진설계를 완벽하게 한다고 한다. 그런 면에서 인접국 일본이나 대만 같은 섬나라 비하여 지진의 피해가 비교적 없는 우리나라는 유라시아 대륙판에 붙어 있기 때문이 아닌가 생각하며 우리 한반도는 축복 받은 나라라는 생각이 든다.

대만의 역사는 크게 16세기 이전시기, 네델란드 식민지시기, 정씨왕조시기, 청나라시기, 일본제국 식민지시기, 중화민국시기로 나눈다. 타이완은 구석기, 신석기시대에 사람이 거주한 것으로 추정이 되지만 그 역사가 문헌상으로 본격적으로 등장한 것은 1624년 네델란드 상인들이 타이완 섬에 진출하여 점거하면서 부터라고 한다.

물론 그 이전시기에도 타이완 원주민들이 정착하여 생활하여 왔다. 한족漢族이 본격적으로 타이완에 이주한 것은 17세기 명나라 말부터 유럽인들이 타이완 섬을 점거하면서 시작되었고 그 이전까지는 원주민들의 섬이었다.

1590년 유럽인으로는 처음으로 포르투갈 사람들이 타이완 섬에 내렸으나 정착하지는 않았다. 그때 포르투갈 선원들이 초록으로 덮인 타이완 섬을 보고 포르투갈어 Ilh Formosa("아름다운 섬"이란 뜻)라고 이름을 지었는데 지금도 유럽이나 미국에서는 타이완 섬을 "포르모사"라 부른다고 한다.

네델란드 시대 – 1624년(이조 인조2년) 평후제도膨湖諸島를 점거하던 네델란드 상인과 명나라 군대는 네델란드의 동인도회사가 평후제도를 포기하는 조건으로 타이완 섬의 서남부에 상업 지구를 건립하는데 합의하였다. 네델란드 사람들은 열란차성(현재의 타이난 시 일대)에 통치기구를 두고 쌀과 설탕 등의 플랜테이션 경작을 위해 중국의 푸젠성福建省 해안 일대의 주민들을 타이완의 토지개간을 위해 이주 모집을 하였는데 이때부터 한족들이 타이완으로 이주하기 시작하였다. 1626년에는 에스파냐인 들이 타이완에 들어와 타이완 섬 북부 일대를 차지하고 산살바도르 성을 세웠고 그 후에 지역을 넓혀 산도도밍고 성을 세웠다. 이처럼 비슷한 시기에 타이완 섬에 진출한 네델란드 세력과 에스파냐 세력 간에 경쟁과 알력이 있었는데 1642년 네델란드 사람들은 에스파냐의 타이완 내 점령지를 공격하여 빼앗고 에스파냐 사람들을 타이완에서 몰아냈다. 네델란드가 타이완 섬을 점령해 식민지배한 목적은 중국, 일본과 동남아 등에서 무역우세를 점하고 타이완을 거점으로 네델란드의 동인도회사가 아시아 전역으로 뻗어나가기 위한 것으로 볼 수 있다.

　네델란드의 타이완 섬 통치는 1662년 정성공에 의해 축출될 때까지 38년간 이어졌다.

정씨왕조 시기 – 정씨 왕국은 1662년 남명 건평 때 정성공鄭成功의 군대가 타이완에서 네델란드의 군대를 몰아내면서 시작되었다. 1644년 명나라가 만주족이 세운 청나라에 의해 멸망되었지만 명황제의 유신들은 반청복명의 구호를 내걸고 청나라에 저항을 계속하였는데 그 지도자중 하나가 정성공이었다. 정성공이 네델란드 인들로부터 타이완 섬에서의 철수와 타이완 섬의 모든 권리를 이양받아 타이완 역사상 최초로 한족 정권을 수립하였다. 정성공은 타이완을 청나라에 대항하는 거점으로 활동하였지만 1662년 병으로 급사하고 아들, 손자 3대에 걸쳐서 타이완을 통치하였으나 통치 21년만인 1683(이조 숙종10년) 청나라 군대에 의해 막을 내리게 되었다.

청조시대 – 청淸나라는 타이완을 복속시킨 후 푸젠 성(福建省)의 관할 아래 두었다. 청나라에 병합 이후 중국대륙에서 타이완 섬으로 이주하는 한족漢族의 수는 폭발적으로 증가하였는데 그 대부분이 타이완과 지리적으로 가까운 푸젠성 남부와 광둥성 동부 출신이었다. 청 정부는 공식적으로 대만 이민을 금지하였으나 실효성이 없어 1732년 이민 제한을 해제하였다. 현재 타이완 주민의 85%를 차지하는 한족계본성인은 대부분 이 시기에 타이완에 이주한 한족의 후손들로 오늘날에도 해당지역의 방언인 민남어閩南語 또는 객가어客家語를 일상생활에서 사용한다. 타이완은 주로 농업과 무역으로 발전하였는데,

　1858년(이조 철종10년) 청나라가 제2차 아편전쟁에 패하여 톈진 조약天津條約이 체결됨으로써 타이완에서도 안핑 항安平港과 지룽 항基隆港이 개항 되었다. 1885년 종래 푸젠 성에 속하고 있던 타이완이 타이완 성臺灣省으로 승격되어 1887년부터 시행에 들어갔고 류명전이 초대 타이완 지방장관이 되어 타이완 전역의 실효적 지배를 목적으로 하는 일련의 근대화 정책을 실시했다.

　그러나 충분한 성과를 달성하지 못했고 타이완은 결국 일제의 식

민지로 전락하였다.

일제 강점기 - 1895년(이조 고종33년)4월 17일, 청나라가 청일전쟁에서 패하면서 체결된 시모노세키 조약으로 타이완 섬과 평후 제도는 일제에 할양되었다. 일제는 타이완에 총독부를 설치하고 50년간 타이완 주민들을 식민 지배했다. 식민지배 초기 타이완에 대하여 일본 본토와는 다른 식민지법을 적용하다가 1922년부터는 식민지에 대해서도 일본과 같은 법제도를 적용하면서 동화정책을 폈다. 이러한 동화정책은 법제도뿐만 아니라 문화적으로도 식민지의 일본화를 꾀하는 정책이었다. 1936년 이후에는 동화정책을 강화하여 타이완 내에서 중국어 신문을 금지하고 일본어 사용과 창씨개명을 강요하고 타이완 주민들을 전장으로 내몰았다. 일제는 식민지 과정에서 철도나 도로 등의 기반시설과 교육제도를 정비하였는데 식민지 지배를 공고히 하여 타이완을 일본의 완전한 일부를 만들려고 하였다. 이에 맞서 타이완은 지속적으로 항일 민족운동을 전개하였다.

중화민국 시대 - 제2차 세계대전에서 일본제국의 패망으로 1945년 10월25일 타이완 섬과 평후제도는 50년 만에 중화민국으로 반환되어 현재까지 통치되고 있다. 1949년부터는 중화인민공화국에서 중화민국에 대한 일체의 권리를 주장하고 있다.

1945~1995년 - 타이완을 수복하고 통치하기 위해 파견된 중화민국 정부의 관료와 병사들은 타이완 주민의 기대와 다른 모습을 보여 주민들의 실망이 매우 컸다. 이러한 주민들의 불만은 1947년2월28일 항거를 통해 폭발하게 된다.

이때에 중화민국 관료들은 장제스에게 본토병력의 파견을 요청하여 지원 병력이 도착하자 대대적인 유혈진압이 시작되어 이 과정에서 본성인 3만여명이 사망 또는 실종되었는데 이 사건은 타이완 본성인과 1945년 이후부터 타이완으로 이주하기 시작한 외성인 사이에 깊은 앙금으로 지금까지 남아 있게 되었다.

1949년12월에 중화민국 국민정부는 국공내전에서 중국 공산당에게 밀려 난징에 있던 정부를 타이베이로 이전하였고, 이후 중화민국의 실효 통치지역은 사실상 타이완 지구로 축소되었다.

1996년~ 현재 – 1996년 3월 23일 국민의 직접선거로 총통을 선출하도록 제도를 개선함으로써 타이완은 중국 국민당의 일당독제 시대를 마감하고 민주화 시대를 열었다. 2000년 총통 선거에서 민주진보당의 천수이벤이 총통으로 선출되어 정권교체를 이루기도 하였으나 2008년 이후 다시 국민당의 마잉주가 총통이 되었다가 다시 2016년에 정권교체가 이루어져 민주진보당의 첫 여성 총통인 차이잉원이 2016년 5월20일 취임하게 되었다. 이로써 타이완은 중국 본토와의 관계에서 본토의 회유나, 압박 강경정책에 직면하게 되리라 본다.

국민당은 하나의 중국 입장으로 중국본토에 대하여 우호적이나 민주진보당은 본성인 중심으로 중국 본토의 중화 인민공화국에 대하여 비교적 비우호적으로 타이완의 독립을 주장하고 있는 입장이다.

2. 대만의 종교

현재 대만 정부에 정식으로 등록되어 있는 종교는 불교, 도교, 천주교, 기독교, 이슬람교 등 9개로 이들 종교단체에 소속되어 있는 사원과 교회만도 전국에 1만 곳이 넘는다고 한다. 알려진 대로 대만은 불교와 도교, 유교가 혼합된 다신교 사상이 널리 퍼져있다. 또한 '빠이빠이'라 불리는 토착종교와 민간 신앙이 오랜 세월 동안 대만인들의 의식세계를 지배해왔다.

대만에 처음으로 기독교 복음이 전해진 것은 1627년 네델란드 선교사 조지 캔디듀스에 의해서였다. 그 뒤 37명의 선교사들이 고산족을 대상으로 선교했지만, 명나라의 패망과 함께 푸젠성에서 난민이 대거 유입된 이후 182년간 복음의 문이 닫혔다. 본격적인 개신교 선교는 1865년 영국에서 파송된 맥스웰 선교사가 사역을 시작하면서부터 남부지역은 영국 선교사, 북부는 조지매케이 선교사를 필두로 한 캐나다 선교사들의 분할 사역이 이루어 졌다. 오늘날 대만 기독교회 교세 중 30%를 차지하는 장로교회의 초석이 이들에 의해 조성됐다. 그러나 대만 전체 도시 중 3/4이 아직도 무교지일 만큼 기독교 선교환경은 척박하다. 교회가 있더라도 매우 영세하고 열악한 수준에 머물러 있다.

교인의 비율은 불교35%, 도교33%, 개신교2.6%, 천주교1.3% 이슬람수니파 0.2% 로 불교와 도교가 대만 종교의 2/3를 차지하고 있다. 도교는 노자의 사상과 민간신앙을 융합한 것으로 대만인들의 종교는 불교, 도교, 유교가 섞여 있어 경계가 명확하지 안하다. 용산사(우리나라의 조계사와 같은 사찰)와 같이 크고 중요한 사찰은 지붕 꼭대기에 탑 모양을 한 불교사찰과, 지붕에 관우, 장비 등의 장수들의 모습이 있는 도교사찰이 함께 있어서 국민들은 자기의 신앙에 따라서 각각의 사찰에서 치성을 드리는 모습을 볼 수 있다. 기독교, 천주교의 교회의 모습은 찾아보기 힘들며 간혹 보일 경우도 매우 작고 초라한 모습이었다. 한마디로 대만의 종교는 불교, 도교, 민간신앙이 혼재한 신앙으로 국민의 의식 수준과 문화가 정체되어 대만의 미래가 암담할 것 같은 느낌을 갖게 된다.

3. 대만의 산업

대만의 산업은 1차 산업인 농업이 2%, 공업. 제조업이 28%, 서비스업이 70%이며 취업자의 구성 비율은 1차 산업 5%, 2차 산업 36%, 3차 산업 59%로 3차 산업이 발달하여 서비스업은 대만을 지탱하는 핵심 산업이다.

가. 1차 산업 – 대만 농산품에서 가장 중요한 작물은 쌀이며 축산물에서는 돼지, 닭, 계란으로 그 생산량이 증가하고 있다. 여름철에는 20종류 이상의 다양한 과일들이 생산되고 있으며, 다량의 채소가 농장에서 생산되어 과일 1억900여만 대만달러(약39억원)와 채소 1억700만 대만달러(약38억원)를 수출하고 있다. 녹차와 홍차를 주로 생산하지만 우롱차와 바오중차가 더 유명하나 인건비 상승으로 매년 감소 추세라 한다.

대만의 원예산업은 정교한 재배기술의 발전 덕분에 번성하고 있는데 특히 난초는 세계 수출 부문에서 1위를 달리고 있으며 대만 화훼 수출의 90%정도 차지한다.

나. 2차 산업

대만의 제조업은 중소기업이 발달하여 두드러진 대기업이 없어도 중소기업간의 협력을 바탕으로 중소제조업이 잘 발달된 나라로 반도체, 노트북 부문 에서는 높은 시장 점유율을 보유한 세계적인 IT 강국이다. 주요 업종별로는

(1) 반도체 – 현재 세계2위의 반도체 생산국으로 세계 시장점유율은 22%다.

업종별로는 파운드리업(Foundry) 및 반도체 패키징(Packaging), 테스팅업(Testing)은 세계1위, 반도체 설계업은 세계2위로 대만 반도

체 제조업은 기술노하우와 다양한 규격의 제품 개발. 생산으로 꾸준히 세계적인 명성을 이어가고 있으나 설계업의 경우 중국 수출 비중이 70%에 달하고 중국정부가 자국의 반도체 설계 산업을 지원 육성함에 따라 대만의 입지가 위협받고 있다.

(2) IT 디스플레이- 대만은 세계 2대 디스플레이 생산국으로 TFT LCD 분야에서 세계시장점유율 25%(2014년 기준)다. 디스플레이 산업 단지는 북.중 남부 지역별 과학 산업단지에 소재한 현지 주요 기업을 주축으로 밀집되어 있는데 디스플레이 산업은 반도체와 함께 대만의 양대 주축 산업으로 성장하였으나 브랜드 파워와 투자능력을 겸비한 주변 경쟁국에 밀려 시장 주도권 측면에서 위태로운 상태다.

(3) 석유 산업 – 2014년 기준 세계 10대 석유화학 생산국으로 중국 수출의존도의 분산을 위해 동남아시아에 투자 진출을 확대하고 있다.

다. 3차 산업 (서비스 산업)

대만 행정원의 통계자료에 따르면 서비스업의 생산액 규모 및 취업인구는 1980년대 후반에 이미 제조업을 추월했다고 한다. 그러나 해마다 GDP대비 서비스업 비중은 증가하는 반면, 서비스업 생산액의 성장률은 감소하는 추세인데 그 이유는 서비스업이 배급 서비스에만 집중하고, 연구개발 인재가 부족하고, 서비스산업 부가가치의 한정성, 주관하는 기관의 전문성 및 인식 부족, 관련 법안의 유연성 부족 때문이라고 한다.

4. 대만의 주요 관광지

대만은 섬나라이고 지질 구조가 우리나라와 달라서 남쪽과 북쪽에 관광자원이 많으나 주로 북쪽의 타이베이 중심으로 개발이 많이 되어 있으며 이번 관광은 사실 북쪽에서 만 관광을 하였기로 북쪽의 관광지 중심으로 기술한다.

가. 고궁박물관 – 고궁 국립 박물관은 중국 예술과 문물의 세계적인 보고이다. 진열된 예술품들은 모두 수백 년 또는 수천 년의 역사를 지니고 있다.

　프랑스의 루브르 박물관, 영국 박물관, 미국의 메트로폴리탄을 일반적으로 세계 3대 박물관을 꼽는다면 세계 4대 박물관을 대만의 고궁박물관을 꼽는다고 한다. 최근에 관람객의 숫자로 본다면 단연 대만의 고궁박물관을 첫째로 꼽는다고 대만에 거주하는 한국인 관광안내원의 설명이다. 안내원의 설명이 옳게 느껴지는 것은 우리 일행이 관람하는 동안에도 사람이 너무 많아서 한곳에 오래 머무를 수 없을 정도고 기다리는 행렬이 태국이나 인도네시아의 입국사증을 받고자 대기하는 국제공항과 같았다. 고궁박물관의 탄생은 국민혁명으로 청나라 정권이 전복되고 마지막 황제 푸이가 민국13년 (1924년) 정식으로 자금성을 나오면서 비롯되었다.

　이어 청실선후위원회가 조직되어 자금성에 들어가 모든 문물을 조사하고 1925년 10월에 정식으로 고궁박물관을 설립 하였다. 민국 20년(1931년) 9.18사변이 발생하여 전란이 갈수록 격화되자 문물의 안전을 고려하여 결국 민국22년(1933년) 베이징에　있던 문물을 상하이로 이전 시켰고 이후 국공간의 전투에서 패한 장개석 국민당 정부가. 1949년에 대만으로 이주한 후 민국 54년(1965년) 타이베이 국립고궁박물관이 완공됨에 따라 대만 국민들뿐만이 아니라 전 세계 사람들의 진귀한 문화유산들은 장기간의 유랑의 세월을 마감하게 되었다. 소장된 문물의 수량은 약 69만점으로 크게 기물과 서화, 도서문헌 등 3가지로 분류할 수 있다. 기물 분야에는 청동기와 자기, 옥기玉器, 칠기漆器, 법랑琺瑯 문구, 조각 및 잡항雜項 등 7만여 점이 소장되어 있는데 이 가운데 송대의 여요汝窯와 관요官窯 등의 자기는 수량과 품질에서 명실 공히 세계 최고의 수준을 자랑하고 있다. 장개석 국민당 정부가 대만으로 도주하여 본토 회복을 위한 중국의 정통성을 주장하기 위하여 야심적으로 챙겨온 문화유산이 이제는 변방의 작은 섬나라 대만의 명실상부한 보물창고가 되었다.

나. 타이베이 101 빌딩 - 대만의 자존심이요 랜드 마크인 101빌딩은 그냥의 전망대가 아니다. 명품관, 푸드 코트, 카페 등의 매장도 있는 관광의 명소로 정식 명칭은 타이베이 금융센터다. 지하에서부터 최고층까지 508m이며 연꽃과 대나무를 모티브로 8단으로 지어졌다고 하는데 5층에서 89층까지 불과 37초 만에 오르는 세계 최고 속도로 움직이는 엘리베이터가 있다.

전철역에서(1층) 올려다본 타이베이 101빌딩은 정말 웅장했고 건물외관이 독특하면서 멋진 빌딩으로 년 간 관광객이 130만 명에 달하는 대만관광의 필수 코스다. 대만의 중심 상권에 자리 잡고 있어서 89층에서 내려다본 사방의 야경은 매우 환상적이었다.

2003년 완공된 타이베이 101은 총 높이 508m로 당시 580억 대만달러(한화 2조2620억원)를 투자하여 건설했다고 한다. 대만 건축가 리쭈위엔李祖原이 설계하고 우리나라 삼성물산이 건설부문에서 시공을 맡았다. 골조는 일본의 마까이에서 대만 업체와 합작으로 시공하였고 내부 마감은 삼성건설이 시공을 담당하였다고 하니 많은 부분이 우리 기술로 시공된 것이다. 당시는 세계 최고의 빌딩이었으나 이후에 두바이의 부르즈 칼리파(123층 828m), 상하이 타워(121층 632m), 사우디 메카의 알베이트 타워(120층 601m), 한국의 롯데월드타워(123층 555m)등 전 세계적으로 500m 이상의 초고층 마천루가 잇달아 건설되어 순위에서 밀려 났지만 세계적 위상은 여전하다. 2003년 완공 당시 타이베이 시장이었던 마잉주 전 총통이 직접 참여해 지붕의 마지막 황금나사를 조이는 등 완공을 축하한 바 있다.

다. 예류野柳 지질 공원 – 예류는 만리萬里향에 위치하고, 북해안 쪽으로 뻗은 좁고 긴 모습을 한 해갑海岬이다. 천백 만년동안 침식, 풍화작용이 교대로 일어나면서 버섯바위, 촛대바위, 생강바위, 체스바위, 바다 침식 동굴등과 같은 지형이 점차 형성되었다고 한다. 전체 길이 1,700미터에 이르는 해갑(바다 골짜기)은 타이완에서 가장 명성이 자자한 지질 공원이 되었고, 또한 주변의 풍부한 해양 생태, 어촌 풍경 등의 다양한 면모들이 더해져 예류는 교육, 관광 그리고 휴양지 기능을 갖춘 관광 명소가 되었다.

버섯바위 – 하나하나가 마치 생생한 표고버섯 모양을 한 버섯 바위는 예류에서 가장 주목 받는 지형 경관으로 암층이 해수면 위로 돌출되어 밤낮으로 해수의 침식을 받으며 시간이 흐름에 따라 사암 속의 단단한 결핵이 천천히 드러나게 되었다. 여기에 다시 바람과 햇볕, 빗물, 파도 및 동북 계절풍의 강한 영향을 받아 목이 없거나, 목이 굵거나, 가늘거나 목이 부러진 형태의 버섯바위가 형성되었다. 예류를 가장 대표하는 여왕머리는 우아하고 고귀한 형태를 지니고 있어 예류 지질 공원의 상징이 되어 왔다. 기타 촛대바위, 벌집바위, 생강바위, 바둑판바위 등이 있다.

화석(Fossils) – 예류의 암층 속 화석에는 꽃잎 모양을 한 성게 화석이 있는데 이것은 성게의 모습 그대로인 실체의 화석이다. 그리고 게 종류가 움직이는 모습을 한 관 형태의 모래 방망이가 있는데 이것은 생흔 화석에 속한다.

어쨌든 예류의 지질 공원은 세계 어느 곳에서도 찾아보기 힘든 마치 살아서 숨쉬는 생명체와 같아 생명의 역사를 지니고 있어 대자연의 창조물을 즐길 수 있는 세계적인 명소다.

5. 대만의 미래

가. 정치 경제적 측면 – 대만은 지정학적으로 중국의 거대한 대륙 변방의 작은 섬나라로 본토의 영향권을 벗어날 수 없는 운명을 가지고 있다. 그리하여 역사적으로 중국대륙의 세력이 커지면 대륙의 지배를 받아 왔고 대륙의 세력이 약화되어 인접 국가들과 관계가 어려워지거나 전쟁에서 패하면 의붓자식과 같이 할양되어 식민지가 되고(청일 전쟁 후) 정세가 바뀌면 대륙의 영향을 받게 되는 역사를 되풀이 하였다.

한때 장개석의 국민당 정부 시절에는 잠시나마 중국을 대표하는 정통성을 인정받고 민주주의를 지키며 세계무대에서 활약하고 아시아 경제의 떠오르는 국가로서 중국 경제를 지원할 정도였으나 그것도 잠시 13억 인구의 중국대륙이 미국과 수교하고 경제 도약을 하며 세계무대에 등장하게 되면서, 최근에는 세계 제2의 경제 대국으로 부상함에 따라 대만은 세계 정치 무대의 뒤안길에서 경제도 위축되어 가고 있다. 최근에는 양안관계로 대륙과 우호적이던 마잉주의 국민당이 민주진보당에 패하여 진보적인 여성 총통이 선출되어 중국에 비우호적이며 타이완의 독립을 표방하지만 중국의 회유나 압박에 직면할 것이기에, 향후에는 양안 관계로 유지되거나, 아니면 홍콩과 같은 자치 행정구역으로 재편되지 않을까 하는 전망이다.

나. 국민의 의식적 종교적 측면 – 대만 국민은 지속적으로 외세

의 침략과 식민지배에 피해 의식이 있어서 개방적이고 진취적인 의식이 부족하여 무사안일에 젖어 있고, 이에 안주하는 의식이 많은데 이런 의식은 종교에서도 반영되어 도교 등 고유의 민속 종교나 보수적이고 내면적인 불교와 다종교, 잡신에 대한 숭배, 죽은 조상의 장묘 문화 등의 면에서 의식이 매우 낙후되어 있으나 각성이 부족하여 발전이 더디거나 지체될 가능성이 아쉽다. 기독교와 천주교가 일찍이 전래 되었지만 그 보급과 확장이 정체되고 있는 모습을 보더라도 합리적이고 진취적인 점이 매우 적다고 볼 수 있다. 따라서 대만의 미래는 암울하고 우려스럽다.

　많은 점에서 우리나라와 유사한 수난의 역사를 가지고 있는 대만이다. 특히 50년간 일본의 지배를 받아 왔으나 지금도 일본과의 관계는 한국과 일본의 관계와는 달리 비교적 원만한 경제 교류가 있는 듯 특히 대만에서 운행하는 자동차는 일제 자동차가 단연 압도적이며 한국의 현대 자동차는 찾아보기 힘들 정도다. 우리와 같이 민주주의를 사수하며 교류 협력하였던 대만에 대하여 무지하고 무관심하였던 나 자신을 되돌아보며 대만에 대하여 연민의 정을 가지게 된다. 그리하여 이번 여행은 눈앞에 풍경이나 문화 유적을 별 생각 없이 구경하고 보낸 그 간의 여정과 달리, 대만의 문화 유적 종교 등에 대하여 깊은 관심을 가지고 보낸 이번의 여행이 보람 있고 의미 있던 여행이라 느끼며 많은 지인들에게 대만을 조금이라도 더 알게 하고 싶은 마음 간절하다. 대만의 무궁한 발전과 우리나라와 대만의 폭 넓은 관계의 진전을 기대하여 본다.

상해를 다녀오다

　이번 여행은 매우 의미가 있는 여행이요 마음 편한 여행이라서 기대가 컸다.

　형제들에게 베풀기를 좋아하여 집안의 크거나 작은 일에 항상 지원을 아끼지 않는 여동생이 칠순을 맞이하여 항공료 체제비 등 일체의 비용을 부담하기로 미리부터 약속한 여행이었다.

　형제자매 내외와 조카와 2명의 조카딸들까지인 10명의 여행자들은 그저 편하게 함께 동반하면 되었다. 여행객이 10명만 되면 22인승 리무진과 한국말이 능통한 현지관광 안내인이 체류기간 전속으로 안내하기로 약속되어서 관광을 충분히 즐길 수 있는 편한 여행이었다.

　동행자인 조카딸이 여행에 필요한 비자 발급을 위한 서류 및 관광 일정을 관광회사와 조율하고 우리 일행은 필요한 서류와 물건들을 각자 준비하고 기다렸다. 4월 25~28일 3박4일의 일정이었다.

　우리는 여행 가기 전에 단체 카톡방을 만들어서 여권준비부터 여행에 필요한 정보를 나누며 기대감으로 한 달 정도를 설렘으로 지냈다.

　또 하루 일정을 잡아 사전모임을 갖고 준비 할 것과 시간 약속 등을 서로 나누었고, 여행을 다녀온 후에도 모두 모여 여행에서의 즐거움과 아쉬움을 나누는 모임을 가졌다.

　동행자들은 대부분이 중국의 북경은 한두 차례 다녀왔지만 상해는 두 명을 제외하고는 처음여행이라서 기대가 컸다. 정해진 날이 하루 이틀 앞으로 다가오니 마음이 설레고 수시로 준비물을 점검하며 기다려지는 시간이었다.

10명중 9명은 사당역에서 버스로 함께 갔고 칠순을 맞이한 여동생은 압구정동에서 출발, 인천 공항에서 합류하였다.

인천공항을 09시에 출발한 아시아나항공은 약 2시간 조금 넘은 후 상해 푸동 국제공항에 도착하였다.

공항에서 기다리는 가이드의 안내로 기다리던 리무진에 탑승하고 일단 호텔에 도착하여 객실을 배정 받고 여행복으로 차려 입고 본격적인 관광을 시작하였다.

상해는 어떤 도시인가?

1843년부터 개발이 시작된 중국의 무역과 금융의 중심지이자 외부문명과의 접촉이 많아 색다른 풍경을 가진 주요한 관광도시다. 면적은 서울의 약10배나 되며 인구는 약 2,400만이 거주한다. 개혁 개방이후 개발이 많이 이루어져서 황포강을 따라 지어진 각양각색의 빌딩과 휘황한 조명으로 밤풍경은 낮보다 화려하다. 신천지는 프랑스의 조차지로 일본이 들어오지 않은 관계로 일본을 피하여 독립운동을 했던 대한민국임시정부 청사가 있는 역사적인 도시로 우리나라와 인연이 많은 도시다.

흔히 중국을 '암탉 모양의 국토를 가진 나라'고 하는데 상해는 암탉이 알을 품는 부분 즉 배와 꼬리 사이로 가장 부드럽고 포근하여서 폭풍이나 지진 등의 피해가 전혀 없었다고 한다. 산이 없고 넓은 평지만 있는 중국의 국토 중에서 가장 안전한 곳이라 하여 꾸준히 개발되고 정리 되어서 무역과 금융의 중심지요 중국의 주요한 관광도시가 되었다.

상해 여행 첫날의 관광지

1. 상해 임시정부청사 - 상해임시정부는 1919년3월1일 삼일 독립운동 이후 조국의 광복을 위해 중국 상하이에서 조직하여 선포한 임시정부를 말한다.

위치는 상해 황포로 마당길 302호. 상해의 중심가에 있다. 1919년부터 1945년까지 상해, 항저우, 난징, 광저우, 충칭까지 계속해서 이동하며 활동하였다고 한다.

청사 유적지에는 김구 선생과 여러 독립의사들의 사진과 설명이 있고, 윤봉길 의사와 이봉창 의사에 대하여도 자세히 나와 있다.

임시정부청사에서 수많은 독립투사들이 모여 회의를 하고 투쟁하여나갔던 역사를 온몸으로 느낄 수 있었다. 입장료는 20元을 주고 표를 사서 안내 받은 대로 나가서 입구로 들어가면 된다. 계단이 좁고 가파른 옛날 건물이었다.

방문자의 방명록에 기록하고 헌금도 하도록 되었는데 조국의 독립을 위하여 죽을 각오로 노력하였던 독립투사들을 생각하면 가진 돈 모두를 헌금하고 싶었는데 준비된 돈이 5천원 밖에 없어서 함에 넣기가 부끄러웠다. 그 분들의 숭고한 노력으로 우리는 지금 부족함이 역사상 최고의 부를 누리며 살고 있음에 감사했다.

2. 신천지(新天地) : 한국기독교 이단의 대명사인 신천지가 아니라 상해 특유의 건축양식인 석고문 건축물이 남아있는 카페거리다. 상해 임시정부 청사에서 매우 가깝다.

일찍이 프랑스의 조차지였다.

난징루와 더불어 상해 최고의 쇼핑거리로 꼽히는 화이하이루淮海路남단에 위치해 있고 20세기 상해의 전통 골목인 룽탕 안에 아름다운 석고문 주택이 밀집해 있었다.

1990년대 후반에 홍콩의 루이안 그룹이 투자를 해서 석고문 주택을 갤러리와 숍, 레스토랑과 카페 등으로 개조하였다. 전통과 현대적 감각이 멋진 조화를 이루어 골목을 산책하고 사진 찍기에 아주 좋았다.

3. 상해박물관 : 중국 최대 규모의 박물관이라고 하는데 오랜 역사를 자랑하는 대국의 박물관이라 하기엔 약간 빈약하게 생각되었다. 그 이유는 국민당의 장개석총통이 공산당의 모택동에게 쫓겨서 대만으로 이주하면서 역사적으로 가치 있는 유물 대부분을 대만으로 가져왔기에 대만의 국립고궁박물관은 세계4대 박물관으로 관광객의 발길이 끊이지 않고 있는 반면 상해박물관은 규모와 내용면에서 초라하게 보였다.

4. 남경로南京路 : 상해 제일의 번화거리이며, 서울의 명동거리와 흡사하다. 거리폭이 한국명동의 2배 정도가 되는데 이곳에는 노점상이 없다. 엄청 많은 사람이 붐벼도 대체로 거리는 깨끗하다는 인상을 준다. 레일이 없는 버스용 전차도 다니고 2층 버스도 다닌다.

5. 황포강 유람선타고 야경구경하기 : 중국 상해는 낮보다 밤이 더욱 아름다운 장소로 유명한 곳이다. 상해 정부 차원에서도 밤의 화려함을 위해 노력을 한다고 한다.

만약 밤에 조명을 켜지 않으면 벌금이 있을 정도라고 한다. 그 아름다움을 진실로 즐길 수 있는 방법은 황포강 유람선을 타고 야경을 즐기는 것이다. 강변을 따라 즐비하게 서있는 관공서와 기업들의 높은 건물들에서 비춰지는 독특한 네온사인들은 세계 어느 도시에서도 볼 수 없는 장관이다. 상해의 선택 관광지이지만 대부분의 관광객이 첫날이나 마지막 날에 반드시 갖게 되는 필수적인 관광코스다.

6. 동방명주타워 : 상해의 랜드마크 이며 상해를 상징하는 독특한 디자인의 탑.

원래 방송관제탑이었던 동방명주는 높이가 무려 468m로, 상하이타워(632m 120층)가 생기기 전까지는 아시아에서 가장 높고 세계에서 세 번째로 높았다. 크고 작은 11개의 둥근 모양이 있는데 이는 진주를 의미한다고 한다.

3개의 전망대중 특히 263m의 중간전망대는 가장자리 부분의 바닥이 강화유리로 되어 있다. 발밑의 풍경이 훤히 내려다 보여서 아래를 보면 다리가 떨려서 서있기도 무섭고, 기어 다니기도 힘이 들어서 서있는 모습의 사진만 겨우 찍고는 빠져 나왔는데 구경하며 사진 찍는 관광객과 중국인들도 많았다. 전망대 중에서 모양이 특이하여 기억에 남는 곳이었다.

둘째 날의 관광지 - 주가각 항주
1. 주가각 - 아침 식사 후 리무진으로 약1시간 30분 달려서 도착한 명.청 시대의 모습이 잘 보전되어 있는 곳이다.
　　가. 대청우전국 - 청나라 시대 당시 화동지역 13개 우체국중의 하나인 곳
　　나. 방생교 - 화동지역에서 가장 길고 크며 가장 오래된 돌로 만들어진 다리
　　다. 주가각 뱃놀이 - 주가각의 경치와 서민들의 삶을 가까이서 느낄 수 있는 곳으로 동양의 베니스라고 한다.
　　라. 명.청대 옛거리 - 강남 일대에서 가장 완벽하게 명,청대 모습

이 잘 보전되어 있고 주변의 가옥과 상점들이 깨끗하게 관리되고 있었다. 우리 일행은 생강 맛이 나는 맛있는 엿을 사먹었다.

2. 항주 - 저장성의 성도로 푸춘강富春江하류의 관광명소로 인구가 880만명이며 년간 6,000만명의 관광객이 찾는다고 한다. 주가각에서 리무진으로 약 2시간 소요 되었다.

　가. 서호유람 - 항주의 상징이자 중국 10대 명승지 중의 하나다. 항주 서쪽에 위치한 면적이 약6.8 km 총길이 약15km에 달하는 거대한 인공호수다.

　　빼어난 경관으로 많은 예술가들에게 영감을 주었다. 특히 송대의 대시인 소동파가 아름다운 서호를 소재로 많은 시를 남겼다고 한다.

　　대표적인 관광 명소는 서호 10경이외도 서호 신10경, 영은사, 실크박물관, 중국 찻잎박물관 등이 있다. 주로 시계방향으로 관람 하며 각지에서 한국어 안내를 받을 수 있다. 우리는 4월 26일에 방문하였는데 유람시간 내내 비가 조금씩 내렸다.

　　비가 약간씩 내리는 흐린 날씨여서 그런지 호수주변은 더욱 신비한 느낌이 들었다.

　나. 화항관어花港觀漁 - 항주의 뛰어난 자연경관을 한눈에 볼 수 있는 곳이라 한다.

　다. 청하방옛거리淸河坊 - 한국의 인사동과 같은 옛 절강성의 모습을 볼 수 있는 곳

셋째 날의 관광지 - 예원. 타캉루 예술인거리

1. 예원 - 중국 상해 유일의 전통 정원이면서 명나라 시대의 반윤단이라는 사람이 아버지를 위해 만든 정원이라고 한다.

반윤단이 직접 연못을 파고 누각을 지으며 원림을 조성하기 시작하여 무려 20년 만에 완공하였다고 한다. 그러나 유감스럽게 완공되었을 때는 부모는 이미 세상을 떠나고 반윤단 자신도 몇 년 살지 못하고 병으로 죽었다고 한다.

각종의 나무, 조각품, 연못 등의 모습은 대단한 예술가들이 수년간 심혈을 기울여 조성한 고급정원의 모습이었다. 예원은 차차 좋은 지경으로 들어간다는 점입가경漸入佳境의 유래가 된 곳이기도 하다.

너무 아름다운 정원이기에 아편전쟁시기에 폭격을 받아 한때는 폐허가 되었지만 정부가 1956년 복구 작업을 하고 일반인에게 공개되면서 상해의 관광명소로 자리 매김하였다고 한다.

한 사람의 효심에서 시작된 거대한 아름다운 공원이 세계인들이 찾는 문화유산이 되었으니 그들의 아름다운 업적은 역사에 길이 빛나고 있음을 느꼈다.

2. 타이캉루 예술인 거리 - 상해 예술가들이 모여서 전시와 판매를 목적으로 조성된 복합예술단지이다. 공방, 화랑, 갤러리, 카페, 레스토랑이 옹기종기 모여 있는 곳이다

나는 상해 여행은 처음이었다. 산이 없고 평지만 있으며 자연재해가 없는 축복을 받은 지역으로 세계적인 관광지로 손색이 없는 도시로 성장하고 발달한 곳임을 느꼈다.

4일간의 여행을 10명이라는 대 가족이 건강하고 즐겁게 여행을

하였음을 감사한다.

다만 마지막 날 공식여행을 마감하고 리무진버스에서 내리는 순간 큰누님의 외손녀인 침착하고 상냥한 유리가 버스 문의 손잡이에 끼여 손가락 두 개가 골절상을 당하게 된 것이다. 다행히 조카딸의 노력과 가이드의 도움으로 병원에서 응급조치를 취하여 고통을 덜었다. 즐거운 여행에서의 조그만 아픔이요 옥에 티였다.

상해 여행을 간다면 주자각, 상해임시정부가 있는 신천지, 예술인 거리 타이캉루, 외탄의 야경, 그리고 항주의 서호유람은 꼭 구경할 것을 권장하고 싶다.
해외여행 시마다 꼭 느끼는 것이지만 우리나라는 해외여행을 위한 교통체계, 공항시설, 출입국 관리 절차는 세계 어느 나라에 비하여 우수하다는 것이다.

조상의 발자취를 찾아서 (부여 기행문)

(2015년 5월 16일 토요일)

원래 여행이란 우리에게 기쁨과 설렘을 준다. 일단 일정이 결정되면 그 시간부터 어린아이와 같이 날짜를 세며 여행 목적지에 대한 지리적 문화적인 조사를 하고 옷가지를 준비하며 부산을 떨기 시작한다.. 그것도 이번 여행은 역사 탐방이요 혼자나 부부간의 여행이 아닌, 남에 대한 배려와 친절이 몸에 밴 아름다운 공동체인 교회 선교회의 많은 인원이 함께하는 목적이 확실한 여행이라서 초등학교 시절의 소풍만큼이나 기다리던 그런 여행이었다. 많은 사람의 소망에 부응이라도 하는 듯 일기는 계절의 여왕이라는 5월의 전형적인 날씨였다. 두 대의 승합차에 나누어 타고 앞서거니 뒤서거니 하면서 서울에서 3시간 정도를 타고 가니 어느덧 백제의 도읍지인 부여에 도착하였다.

부여는 백제의 성왕이 웅진(공주)에서 기원후(A.D) 538년에 사비(부여)로 천도하여 660년 멸망할 때까지 6대왕 123년간 유지한 백제의 마지막 수도였다.

우리나라의 도읍지는 부여 이외에 고구려의 왕검성(평양) 신라의 서라벌(경주) 고려의 개경(개성) 이조의 한성(서울) 등이 있었다. 이중에서 부여는 그 존속기간이나 유물 유적 등에서 다른 어느 도읍지에 견줄 바 못되어 부여에 대한 역사기행문을 쓴다는 것은 내용이 다소 빈약하고 궁색할 수 있으나 오래된 도읍지였고 한때는 찬란한 문화의 꽃을 피워서 바다 건너 일본에 문화를 전승하였던

민족의 자부심을 가지게 하였던 점과 작은 것을 귀히 여겨야 한다
는 사랑의 공동체 발길이고 보니 오히려 부여에 대한 기행이 매우
좋은 선택일 수 있다는 희망을 가져본다.

1. 궁남지宮南池

부여에 도착하여 우선은 궁남지宮南池를 찾았다. 이는 백제 무왕
때 궁궐의 남쪽에 만든 큰 연못인데 삼국사기에 의해 궁남지라 부
른다고 한다. 현재 알려진 우리나라 최고最古의 궁원지宮苑池로 조성
기록이 명확히 알려져 있을 뿐 아니라 백제의 조경기술과 도예문화
의 수준을 엿볼 수 있는 중요한 유적으로 연못 주변에서 토기와 기
와 등 백제시대의 유물이 출토되고 있다고 한다. 연꽃이 아름답게
피어나고 있었다. 현재는 10,000여평 정도 되나 이보다 훨씬 넓었을
것이라 하는데 인공으로 만든 연못으로서 그 당시의 백제의 조경과
토목 기술이 상당하였고 출토된 토기와 기와 등에서 비교할 때 백
제문화가 고구려, 신라나 왜의 문화에 손색이 없으리란 생각에 만
만치 않은 역사기행일 수 있을 것이란 기대를 가져 본다.

2. 부소산성扶蘇山城

다음으로 찾은 곳은 백제의 수도 부여의 상징이라고 알려진 고
란사와 낙화암이 있는 부소산성이다. 이는 1963년 1월에 사적5호
로 지정된 성곽이며 토석 혼축 산성으로 성의 길이는 2.5km로 백제
가 이곳으로 천도하여 멸망할 때까지 123년간 국토를 수호한 중심
산성이다. 현재 남아있는 성곽은 크게 3개로 구분되어 있으나 이 가
운데 계곡전체를 둘러싼 포곡식 산성만 백제시대의 것으로 발굴 조
사결과 확인되었다고 한다. 이곳의 중요한 유적으로는 고란사, 낙화
암, 고란정, 군창터, 사자루 등이 있다.

3 고란사. 고란초. 고란정

고란사皐蘭寺는 충남 문화재자료 제98호로 대한불교 조계종 제6 교구 본사인 마곡사의 말사 이다. 창건에 대한 자세한 기록은 없으나 백제 때 왕들이 노닐기 위하여 건립한 정자였다는 설과 궁중의 내불전이라는 설이 전하며 백제 멸망과 함께 소실된 절을 고려시대에 백제의 후예들이 삼천궁녀의 원혼을 위로하기 위하여 중창하여 고란사高蘭寺라 하였다. 그 뒤 벼랑에 희귀한 고란초가 자생하였기 때문에 고란사皐蘭寺라 불리게 되었다고 한다.

고란초皐蘭草는 양치식물로 고란초과에 속하는 상록 여러해살이 풀이다.

산지의 그늘진 바위틈에서 자라는데 한국, 일본, 중국, 타이완 등지에 분포하며 지금까지 발견된 고란초 자생지는 부여에서 처음 발견되었다. 한방에서는 뿌리를 제외한 식물 전체를 약재로 쓰며 종기와 악창에 효과가 있고 소변을 잘 보지 못할 때도 사용한다고 한다. 이 고란초는 고란사를 찾는 관광객들로 인해 거의 사라지고 지금은 절벽 높은 곳에만 남아 있다고 하는데 우리 일행은 고란정 위쪽 절벽 높은 곳 깊숙이 몇 그루 수줍게 자생하고 있는 고란초를 발견하고 스마트폰 카메라로 찍어 보려하였으나 사진에 쉽게 잡히지 않았다.

고란정皐蘭井은 고란사 뒤편의 고란초가 자생하는 바위 절벽 밑에서 솟아나는 약수가 있는 곳을 말한다. 백제 시대의 임금님이 항상 고란사 뒤편 바위틈에서 솟아나오는 약수를 즐겨 마셔 매일 같이 사람을 보내어 약수를 떠오게 하였는데 마침 약수터 주변에서만 자라는 기이한 풀을 이름하여 "고란초"라하고 약수를 떠오는 사람이 고란초의 잎을 하나씩 띄워 오게 함으로써 고란 약수라는 것을 증명하게 하였다고 한다. 임금님은 약수를 즐겨 마셔 원기가 왕성하고 위장병은 물론 감기도 안 걸리고 사셨다고 한다.

4. 낙화암落花巖

낙화암은 충남 문화재 자료 제110호로 의자왕 20년 서기 660년 사바성이 나당연합군에 의해 함락되어 백제 700년의 역사가 그 운명을 다하던 날 흔히 삼천궁녀로 일컬어지는 수많은 백제 여인들이 적군에 잡혀가 치욕스런 삶을 사느니 차라리 푸른 백마강에 몸을 던지겠노라며 망국의 서러움을 안고 부소산 서쪽 절벽에서 꽃잎처럼 떨어진 곳이다. 그 당시는 백마강이 물이 많고 깊어서 푸른 백마강이라고 하였나 보다. 그리고 백제 말기의 도읍지의 인구를 (기록상에는 45,000여명이라고 함) 판단하여 볼 때 삼천궁녀라는 숫자는 불가한 숫자며 삼국사기나 삼국유사 어디에도 없고 다만 이조시대 문인 김흔(1448-?)이 지은 "낙화암"이란 시, 그리고 민제인(1493-1549)의 시 "백마강부"에 3천에 대한 구절이 나오는데 본격적으로 삼천궁녀가 알려진 것은 일제강점기에 대중가요 가사 중에 삼천궁녀에 대한 것들이 들어가면서부터였다. 어쨌든 후대의 문인들에 의하여 지어낸 허구일 것이라 본다.

기원전 950년경 세상의 다른 어떤 왕보다도 부와 지혜가 뛰어나 가장 호사스런 삶을 살다간 솔로몬(BC973-932)도 후비가 700명, 첩이 300명 일천여명의 처첩을 두었다는데 약1500여년 후에 동방의 조그만 나라 백제의 의자왕(AD641-660)이 3천 궁녀를 거느렸다는 허세와 허풍은 가히 대단한 것이 아니겠나. 역사란 승자의 입장에서 기록되는 것인데 신라와 고려가 호족과 백성들에게 승리를 과시하기 위하여 지어낸 과장된 숫자에서 연유된 것일 수도 있다.

그대로 떠나긴 아쉬워 이정표 비석에 새겨진 춘원 이광수의 "낙화암"시를 적어본다.

사자수 내린물에 석양이 빗길제
버들꽃 날리는데 낙화암이란다.
모르는 아이들은 피리만 불건만
맘 있는 나그네의 창자를 끊노라
낙화암 낙화암 왜 말이 없느냐.

5. 선착장. 유람선

일행과 같이 삼천궁녀의 낙화암, 고란초가 서식하는 바위 절벽의 고란약수를 뒤로하고 비탈길을 내려서 선착장에 도착하니 관광객이 많았는데도 이미 대기하는 유람선 황포돛배를 타고 백마강을 10여분 유람하여 구드레 나루터에 도착하였다. 부소산을 휘돌아 흐르는 백마강에는 백제시대의 중요한 국사를 의논하였다는 천정대, 낙화암, 조룡대, 대재각, 스스로 따뜻해졌다는 자온대가 있다. 백마강 유람선을 타고 올려다본 고란사의 정자, 낙화암, 백화정 등 부소산의 모습은 풍경이 아름다워서 유람선은 역사지 관광의 중요한 일정인 것 같다.

백마강은 부여군 규암면 호암리 천정대에서 세도면 반조원리까지 16km의 금강의 하류 구간을 일컫는 명칭이다. 전에는 흐르는 물이 적어서 유람선의 운행이 어려웠으나 지금은 부여보(夫餘堡)를 쌓아서 물이 풍부하여 옛날의 푸른 백마강의 모습을 찾은 듯하다. 여기서 유람선에서 흘러나오는 애절한 노래 "백마강 노래"를 불러 본다.

백마강에 고요한 달밤아
고란사에 종소리가 들리어오면
구곡간장 찢어지는 백제 꿈이 그립 구나

아 – 달빛어린 낙화암의 그늘 속에서
불러보자 삼천궁녀를

　백제 멸망의 슬픈 사연을 담은 노래들이 연신 울려 퍼지니 아름
다운 경관도 잠시 나라 잃은 서러움이 나의 마음속에 애절하게 닥
아 오는구나!

6, 부여 국립박물관

　1975년8월에 국립부여박물관으로 승격(대통령 령7745호)되여
1993년8월에 현재의 박물관으로 이전 개관하고 2014년8월에 상설
전시실 전면 개편하여 오늘에 이른 국립박물관이다.

제1전시실 – 백제 선사문화의 보고를 전시하였다. 석기, 청동기, 철
　　　　　기시대의 유물을 시대별로 전시하였는데 상당한 기간
　　　　　동안 땅에 묻혔던 터라 부식이 심하고 잘라지거나 떨
　　　　　어진 상태가 심하여 오랜 역사를 실감하였다.

제2전시실 – 공예기술과 종교문화에 대한 재인식할 수 있는 전시실
　　　　　로 특히 이박물관의 대표유물인 백제금동대향로(국보
　　　　　287호)가 전시 되었는데 백제인의 종교와 세계관을
　　　　　예술로 승화한 수많은 내용을 담고도 조화로움을 느낄
　　　　　수 있는 백제인의 예술성의 진수를 느끼게 하는 걸작
　　　　　품이다. 무엇보다도 부식되거나 마모되지 않고 온전한
　　　　　상태로 발굴되었는데 이는 멸망 시에 누군가가 진흙
　　　　　뻘 속에 숨겨서 공기를 차단하였기 때문이라고 한다.

제3전시실 – 공예기술과 건축 감각의 조화를 볼 수 있는 곳이다.

기증유물실 – 부여 국립박물관은 기증 유물이 특히 눈에 띠었다. 사
　　　　　실 개인이 소장하고 있으면 그 가치가 미미할 것이나

유물로써 전시하니 뜻있는 분들의 문화재 사랑을 마음에 새기게 하였다.

우리는 박물관 관람을 끝으로 부여의 역사기행을 마치고 나름대로의 느낌을 마음속 가득이 가지고 부여를 찾아오기 잘했다는 생각을 하며 서울을 향하여 차창으로 보이는 경관을 뒤로 하고 부여를 떠났다.

백제는 잃어버린 왕국이라 불리는 나라이고 700년 가까운 장구한 역사를 가지고 있지만 화려한 영광보다는 비장함과 애잔함으로 우리에게 다가오는 나라다. 역사적인 운명으로 외세의 침입으로 인하여 멸망하고 한반도에서 일찍이 사라진 나라로서 기록에 따른 고증이 어렵지만 그 당시의 그들의 문화는 동족인 고구려, 신라에 비하여, 그리고 이 민족인 왜와 당나라에 견주어 보다 앞 선 듯한 화려한 문화를 우리에게 남겼던 우리 조상의 나라다. 우리는 그 유적을 꾸준히 발굴하여 우리에게 슬픔을 연상 시키는 나라와 지역이 아닌 공주의 무령왕릉, 부여의 백제금동대향로의 유물에서 볼 수 있듯이 그 당시도 동남아 및 아랍과 교역이 활발하여 찬란한 문물을 꽃피웠던 국가의 올바른 모습을 찾아야 하는 것이 우리 후손이 해야 할 몫이라 생각된다. 최근에 부여 관북리 유적과, 부소산성, 능산리 고분군, 정림사지, 나성, 공주의 공산성, 송산리 고분군, 익산의 왕궁리 유적, 미륵사지 등의 백제유적지구가 유네스코 세계유산으로 등재 되었다 (2015년7월4일) 역시 객관적인 가치를 인정하는 국제기념물유적협의회(ICOMOS)의 안목과 우리 정부의 노력에 찬사를 보낸다.

영국의 역사철학자인 E.H Carr (1892 -1982)는 그의 명저서 '역사란 무엇인가?'에서 역사란 현재사회와 과거사회의 끊임없는 대화라고 하였다. 즉 "현재에 속한 역사가와 과거에 속하는 사실들의 끊임없는 대화" 라는 것이다.

역사가란 한 개인으로서 자신이 속한 사회의 산물인 동시에 그 사회의 대변자로 이해한다. 우리는 역사를 통하여 선조들의 지혜를 배우고 이를 계승 발전시켜서 후손들에게 전승해야 한다는 교훈을 얻고 사명을 가져야 한다. 그런 의미에서 나는 기쁨과 설렘에서 출발한 이번의 역사 기행은 많은 배움도 갖게 되고 잃어버린 자신감을 찾게 해준 의미 있는 여행이었다고 생각한다.

신앙

좋은 열매를 맺는 신앙

　예수님 공생애 당시의 서기관과 바리새인들은 가장 말씀대로 사는 사람들 이었습니다. 그들은 모세의 율법을 연구하고 몸소 본을 보이기 위해 노력하며 실천했습니다.

　당대 사람들은 그들을 가리켜 유대인 중의 유대인이라고 부를 정도였습니다. 그런데 예수님은 그런 서기관과 바리새인들을 날카롭게 비판하십니다. 그들을 깨끗한 포장지에 싸인 오물 덩어리라 하셨습니다. 또한 회칠한 무덤 같다고도 하셨습니다. 왜 예수님은 하나님의 말씀을 가장 가까이 접하고 묵상과 연구, 실천까지 하는 그들을 강하게 책망하셨을까요? 그 이유는 유대교 지도자들의 신앙이 하나님께서 기뻐하실 만한 상태가 아니었기 때문입니다. 예수님이 보시기에 그들의 행위는 빛 좋은 개살구였습니다. 그 들은 종교적 차원의 '착한 아이 콤플렉스'에 걸려 있습니다. 착한 아이 콤플렉스는 타인에게 착한아이라는 반응을 듣기 위해 내면의 욕구나 소망을 억압하는 언행을 반복하는 심리 증후군입니다. 그 원인 중 하나는 유기 공포, 즉 어린 자녀가 부모에게 버려질지 모른다는 불안감입니다. 서기관과 바리새인들의 겉과 속이 달랐던 것은 하나님께 버림받을지 모른다는 불안감 때문이었습니다. 이런 불안한 심령 상태로 하나님 말씀을 묵상하고 연구하며 실천한 결과는 어떠했습니까? 외식과 불법으로 거짓된 신앙생활을 했습니다. 하나님의 아들 예수 그리스도를 십자가에 못 박아 죽이는 만행을 저질렀습니다. 이처럼 구원의 확신이 없는 신앙생활은 하나님의 뜻과 정 반대의 결과를 가져옵니다.

"그러므로 여러분은 그리스도 예수를 주님으로 받아들였으니, 그분 안에서 살아가십시오. 여러분은 그분 안에서 뿌리를 박고, 세우심을 입어서, 가르침을 받은 대로 믿음을 굳게 하여 감사의 마음이 넘치게 하십시오 (골 2:6~7) 예수님은 십자가를 지심으로 구원을 완성하셨습니다. 또한 각 심령에 임하신 성령님은 모든 두려움과 불안을 없애고 구원의 확신을 갖게 하셨습니다. 주님이 주신 구원의 확신을 기초 삼을 때 그 위에 하나님의 나라와 그 뜻이 온전히 이루어집니다. (이재남 목사 평화교회)

믿음의 주요 온전케 하시는 예수님, 이 시간 구원의 완성을 이루고 확신케 하시는 은혜를 더하여 주옵소서. 그 어떤 상황에도 흔들리지 않고 불안과 두려움 없이 믿음 위에 굳게 서서 하나님의 나라와 주님의 뜻을 온전히 이루게 하옵소서. 예수님의 이름으로 기도합니다. 아멘

눈은 마음의 창입니다

크게 보면 사람의 눈은 선한 눈과 악한 눈으로 나누어집니다.
선한 마음은 선한 눈을 만들고 악한 마음은 악한 눈을 만듭니다.

자선은 아무나 할 수 있는 것이 아닙니다. 선한 마음에서만 자선의 행위로 옮겨지는 것입니다. 인생의 여로에서 만나는 가난한 이웃들에 대한 태도가 바로 우리의 선함을 시험하는 것입니다.

경제적으로 부유해도 누구를 돕는다는 것이 불편해서 남을 돕지 못하는 인색한 사람들도 있지만 경제적으로 가난해도 주님의 마음이 함께 함으로 주님이 주신 것을 나누는 귀한 사람들도 있습니다.

우리가 주님과 함께할 때 우리의 눈도 선한 눈을 가지게 됩니다. 세상을 볼 때 내 마음을 담지 마시고 주님의 마음으로 바라보기 바랍니다. 아멘

하나님 나라의 소망

오늘 이 자리에서 우리어머니 고 강순옥권사님의 평소 모습을 생각해 봅니다.

소천하신 지 23년이 지났지만 눈을 감으면 그 분의 모습이 선하게 떠오릅니다.

우리가 함께한 이 동네에 그분도 함께 하셨습니다.

지난날, 한 지붕 한 식탁에서 식사를 하던 그 분이 이제는 이 자리에 계시지 않습니다. 우리 곁을 떠나가신 그 분 때문에 우리는 마음이 아팠습니다.

그분의 영혼은 예수님이 먼저 가 계신 하늘나라로 가셨습니다.

주님 나라에 들어가신 그 분을 추모하면서, 이 시간 뒤따라 주님 나라에 들어갈 우리의 믿음을 살펴보면 좋겠습니다.

누구에게나 소원이 있습니다. 사도 바울에게도 간절한 소원이 있었습니다.

그것은 "몸을 떠나 주와 함께 거하는 그것"이었습니다.

그러면서 주님을 만나는 그 날까지 몸에 머물러 있든지 또는 떠나있든지 간에 주님을 기쁘시게 해 드리는 사람이 되기를 힘쓰노라고 고백했습니다.

먼저 부르심을 입은 어머님도 바울과 같이 속히 주님을 만나 뵙기를 소망하셨을 것입니다.

그렇다면 바울 사도는 왜 이 세상을 떠나 주님을 만나기를 고대하였을까요?

주님이 계신 그 곳에는 이 세상에 없는 참된 안식과 연원한 기쁨이 있기 때문입니다.

사랑하는 어머님도 이제는 아픔과 고통이 없는 저 영원한 하늘나라에서 주님과 더불어 안식을 누리시는 줄 믿습니다.

오늘 어머님을 추모하는 이 자리에서 모두가 스스로에게 물었으면 하는 것이 있습니다. 이 소망이 우리의 영원한 소망이 되기를 바랍니다.

어차피 인생은 시간의 한계에 속박되어 있습니다.

오늘 우리가 어머니를 추모하는 것처럼, 우리도 언젠가는 추모의 대상이 되는 날이 올 것입니다. 따라서 우리는 더 늦기 전에 남은 인생을 어떻게 기쁨 넘치는 삶으로 꾸며 갈 것이며, 가정과 교회, 세상에서 어떤 열매를 맺을 것인지 고민해야 합니다.

오늘 이 추모의 시간을 통해 다른 무엇보다도 우리 각자의 믿음을 굳건히 하고, 하나님을 기쁘게 해 드리는 삶을 살고자 다짐하였으면 좋겠습니다.

우리의 소망은 오직
우리 주 하나님 예수그리스도입니다

자비로우신 하나님은 인간에게 소망으로 앞을 바라보게 하셨고, 한숨으로 내쉬는 자는 뒤를 바라보게 하셨습니다. 한숨을 쉬는 사람은 길을 걸으면서 자꾸 뒤를 바라보는 사람과 같아 당연히 길을 잘 걸을 수 없고 넘어지기를 반복합니다.

반성과 자책도 필요하지만 더 필요한 것은 소망을 가지고 내일을 바라보는 것입니다. 우리가 나 자신을 사랑할 수 있는 것은 내일을 위해 오늘 나 자신을 사랑하고 내일을 도전하며 인내하며 소망을 가지고 살아가는 것입니다.

우리에게는 부활의 소망이 있습니다. 이 세상의 삶이 끝이 아니라는 것입니다. 우리의 삶을 행복하게 살기 위해서는 하늘나라의 소망을 두고 오늘을 살아가는 것입니다. 미래에 대한 두려움으로 오늘을 살아가는 것이 아니라 내일의 소망으로 오늘을 살아가는 것입니다.

오늘도 최선을 다하고 힘을 다하여 하나님을 사랑하는 복된 새날이 되시기를 바랍니다.

우리의 소망은 오직 우리 주 하나님 예수그리스도입니다. 아멘 감사합니다.

나의 신앙 여정

나는 현재 교회를 다니며 믿음생활을 하는 기독교인이다.

내가 기독교인으로 교회를 다니기까지엔 신앙의 여러 과정이 있었다.

우리 부모님들 세대는 민간 신앙의 기저에 불교 신앙이 가미된 그런 신앙생활이 많았다. 구한말 선교사들의 순교에 따른 값비싼 희생과, 6.25 한국전쟁이 끝나고 휴전협정 이후에 미군이 주둔하고 정치 경제 및 종교적으로 미국의 영향을 받게 됨에 따라서 천주교, 개신교를 중심으로 기독교가 급속도로 보급 확장 되어 현재는 기존의 불교와 더불어 우리나라의 중심적인 종교가 되었고 전 세계에 많은 선교사를 파송한 세계적인 기독교 국가가 되었다.

사람들은 자라면서 정서적으로 부모님의 영향과 주변 환경에 지대한 영향을 받게 되어 있다.

나는 남아 선호의식이 강한 가정, 딸이 많은 집안의 맏아들로 태어났다.

그리하여 부모님, 할머니의 많은 사랑을 받고 자랐다. 부모님께서는 건강하게 자라기를 바라는 간절한 마음에서, 영적 감각이 뛰어나 마을의 어려운 일을 당한 가정에 도움을 주며 산모들 출산 시에 산파 역할 등 좋은 일을 하시던 50대의 중년의 같은 마을의 아주머니 한 분을 나의 수양어머니로 삼아서 어려울 때나 좋을 때나 큰 도움을 받았다.

어머니와 그 분을 따라서 정월 대보름이나 추석 때에 동네에 이르는 주요 길목에서 저녁에 짚불을 피우며 두 손을 모아 비비면서 하늘에 기도할 때가 자주 있었다. 어머니는 거의 날마다 새벽에 정안수를 떠 놓고 손을 모아 간절히 자식들을 위해서 기도하셨는데 그 모습을 자주 보면서 자랐다. 아버지 생신 무렵이면 멀리 떨어져 있는 사찰에 가서는 공을 들이고 절 떡을 가져와 가족들이 하얀 떡을 먹은 일도 종종 있었다. 전통적인 민간 신앙과 불교를 믿는 그런 가정에서 자라서인지 어렸을 때는 불교적인 정서를 가지게 되었다.

초등학교에 입학하게 되니 학교 가까운 곳에 교회가 있고 교회를 다니는 친구들이 있어서 교회가 뭐하는 곳인지 알게 되었다. 초등학교 3학년 때쯤, 교회를 열심히 다니던 열 살 정도 더 많은 친절한 윗집 형이 여름 방학에 교회에서 하기학교란 행사가 있는데 같이 교회에 가보자고 몇 차례 요청하기에 이미 교회를 다니고 있는 건너 마을 친구와 같이 처음으로 교회를 갔다. 초등학생들이 10여 명 나와서 풍금소리에 따라서 노래를 부르고 책도 읽으면서 손 모아 기도도 하는 모습을 보았다.

집으로 오면서 교회를 몇 년째 다니고 있는 그 친구가 자기는 내일은 성경암송 대회가 있어서 암송연습을 하고 있다고 하였다. 나는 새로운 분위기가 어색하였지만 호기심도 있어서 계속하여 나흘을 다녔다. 그때 친구와 다른 초등학생들이 부르던 노래가 찬송가라는 것을 알게 되고 나도 따라 불러서 2곡의 찬송가는 익숙하게 부를 수 있게 되었다. 친구는 성경 암송대회에서 2등을 하여 3권의 노트를 받았는데 그 친구가 부러웠다. 나는 이때 처음으로 교회를 갔었다.

교회생활은 잊고 5학년이 되었는데 담임선생님께서 수줍음이 많은 내가 반장으로는 부적합했는지 도덕부장을 시키셨다. 자연히 도덕시간에는 학습준비도 열심히 하고 도덕책 예습, 복습도 다른 과목보다 많이 하였다. 그때 도덕책에 '다우다의 불빛'이란 러시아의 소설을 소개하면서 끝맺는 말에서 "친구를 위하여 목숨을 바치면 이 보다 더 큰 사랑이 없느니라."(요한복음 15장13절) 라고 기록되었던 성경말씀과 성경구절은 오랫동안 잊지 않고 기억되어 지금도 내가 가장 좋아하는 성경구절이 되었고 그런 연유 때문인지 요한복음은 내가 자주 읽는 성경이다. 초등학교 3학년시절에 교회를 처음 갔던 것이 5학년으로 이어지며 신앙의 연결고리로 이어졌나보다.

세월이 지나 내가 서울로 유학을 오게 된 것을 계기로 누님 두 분이 서울에 사는 분들과 결혼하고, 서울에서 살게 됨에 따라서 아버지께서는 자수성가하여 마련하신 많은 농토를 일부는 매각하고, 일부는 마을의 다른 사람에게 경작을 위임하고 동생들과 같이 서울로 이사를 하셨다.
지금 생각해도 부모님들은 대단한 결단을 하신 것이다. 생활력이 강하신 아버지께서는 서울에서도 일거리를 찾아 열심히 일하셔서 나와 동생들의 학교 뒷바라지를 하셨다. 우리 가족이 외지인 서울에서의 생활이 안정을 찾을 무렵에 어머니와 막내 여동생이 교회를 다니기 시작하였다.

시골에서 정기적으로 절에 다니시고 토속 신앙을 숭배하셨던 어머니께서 일단 교회의 성도가 되더니 모범적인 신앙생활을 하셨다.

나는 결혼 후에 분가하여 살았으나 일요일에는 어머님을 교회에 승용차로 모셔드리기만 하고 그대로 돌아오곤 하였다. 나는 이때에 찾아온 신앙생활을 할 수 있는 기회를 놓쳤다. 어머님은 살아계실 동안 신앙생활을 열심히 하셔서 권사직분도 받으셨는데 소천 하셨을 때에 장례의 모든 절차에 참여하신 목사님께서 남편분과 장남을 전도하지 못하시고 소천하신 것을 기도와 말씀 중에서 여러 번 절절히 언급하시면서 안타까워 하셨던 것이 생각난다.

그 때에 어머니께서는 얼마나 아들을 전도하고 싶으셨을까 생각하면서 이제야 어머님의 심정을 헤아려 본다.

자식들에게 헌신적이셨던 어머니께서 소천하신 후에 아버지와 형제들은 매우 슬펐고 나도 슬픔을 억제하기 위하여 방법을 모색하다가 우연히 지하철을 타기 위하여 내려가는 계단에서 "여류 시인이자 영험이 많은 주지 스님의 설법을 듣기 위해서 일산 시민뿐 아니라 서울의 신도들이 운집하여 문전성시를 이루고 있다"는 책자를 보고는 가방에 넣고 지하철에서 조용히 읽어 보면서 이번 토요일에 한번 가보자는 마음을 갖게 되었다.

토요일 아침에 일찍 일어나 3호선 지하철을 타고 일산의 밤가시 마을을 지나 황룡사라는 사찰을 찾았다. 아침 예불을 마치고 처음 찾은 신도의 자격으로 주지 스님과 면담을 하였다.

삭발하고 승복을 입은 스님은 40대 후반으로 보이는 동안童顏의 예쁜 여성인데 어딘가 도량이 깊은 범상치 않은 모습으로 보여서 면담 후에 즉시 사찰의 특별 행사 일정에 참여하기로 등록비용을 지불하고 등록하였다.

일주일 동안 아침 8시에 시작하여108배를 5차례하고 설법을 듣고 사찰이 주관하는 야외 행사에 참여하고 저녁식사를 하고 집에

오는 일정과, 오후에 시작하여 영하의 기온인 저녁9시에 한탄강에 일행이 버스를 타고 가서 강가에 위 옷을 벗고 반야심경을 외우면서 20분을 견디는 훈련을 하고 사찰로 돌아와서는 밤새도록 불경을 읽으면서 명상을 하고는 아침 7시에 귀가하는 일정에 모두 참석하였다.

그때 여신도 중에 대중가요 가수가 있어서 그분을 중심으로 노래를 잘하는 여덟 사람이 기독교의 찬송가와 같은 찬불가를 아침과 저녁으로 부르게 하였다. 이 사찰은 태고종파에 속하였는데 그 주지 스님은 찬불가도 부르게 하면서 사찰의 부흥을 위하여 노력하였고 그 과정에 나는 마음을 달래 보려고 한 달 동안을 참여 하였다.

그러나 주지 스님이 귀신과 영적인 소통을 하는 무당적인 요소가 있는 모습과, 신도들에게 금전을 공양하라는 요구가 많은 것이 못마땅하여 약 32일간 찾았던 사찰에 발길을 끊게 되었다. 지금 생각하면 올바른 신앙생활을 위한 방황의 여정이었다고 생각한다.

한편으로는 마음을 잡아보고자 취미로 즐기던 운동을 열심히 하였는데 주말에는 회사의 회원권이 있는 충북 진천에 있는 골프장을 찾아서 임원들과 시합을 하거나 다른 기회를 만들어서 운동을 하였다. 서울에서 거리가 멀어서 새벽에 출발하여 한 마을 앞을 지나는 코스를 선택하여 목적지에 도착하곤 하였는데, 그 날에는 약간 일찍 출발하였는지 그 마을 앞 가까이 도착하니 약간 이른 시간이라서 여유가 있어서 그 마을에 한번 가보자 하고 방향을 달리하여 마을 입구에 이르니 곱게 늙으신 60대 중반으로 보이는 할머니께서 손을 흔들면서 차를 세우라고 하시기에

"왜 그러시나요? 어디 아프신가요?"물으니,

"아닙니다. 제가 새벽 예배 시간이 늦어서 걱정이 되어 하나님께

택시를 보내주십시오 하고 간절히 기도하니 제 기도를 들으셨는지 댁을 이곳에 보내셨나 봅니다. 교회가 멀지 않은데 나를 태워다 주어요."

하시는 것이었다. 마침 시간적 여유도 있어서 승용차로 7~8분 되는 거리를 모셔다 드리는데 차안에서

"주님 감사합니다."

혼자서 기도하시는 소리를 들었다. 그때 나는 오늘 우연히 좋은 일을 하였구나! 생각하다가

'하나님은 기도에 응답하시는 분인가!' 라는 생각이 떠올랐다.

모친께서 소천하신 후에 막내 여동생은 모친과 함께 다니던 교회를 떠나 같은 장로교회인 큰 교회에 열심히 다니고, 이어서 작은 누님은 순복음 교회를 큰 누님은 막내 동생이 다니는 교회에, 나도 막내 동생의 권고로 동생이 섬기는 교회에 다니게 되었다. 어머니께서 열심히 교회를 다니셨지만 그 때는 무관심하시던 아버지께서는 당신은 연로하셔서 교회를 다니지 않으시지만 나와 우리 형제들의 신앙생활을 열심히 지지하셨다.

아버지께서 8년 전에 병상에서 세례를 받으시고 돌아가신 후에 막내 남동생 내외도 교회를 다니게 되었고, 내가 열심히 신앙생활을 하니 아내는 섬기던 감리 교회에서 나와 누님과 동생이 다니고 있는 집에서 가까운 장로교회로 옮겨서 권사로서 교회학교 교사의 사역을 잘 감당하고 있다.

지금은 신앙생활의 성장을 위하여 아침과 저녁으로 집에서 아내와 함께 예배를 드리고 있다. 형제들의 돈독한 우애를 위하여 번번이 경제적인 지원을 하는 셋째 여동생도 요즈음은 신앙인이 되어서 지금은 형제자매들 모두와 자녀들이 함께 신앙생활을 하는 믿음의

가문으로 정진하고 있으니 얼마나 큰 은혜인지 그저 감사할 뿐이다.

  이렇게 나의 신앙여정은 어려서 부터 그 가능성을 잉태한 체 민속 신앙과 불교적인 정서에서 머물다가 먼 여정을 돌아서 이제야 기독교인으로 뿌리를 내리게 되었는데 그 바탕에는 어머니의 기도가 밑거름이 되어서 형제들과 자녀들에게 까지 뻗어 나가는 튼실한 나무가 되고 있음을 보면서 이제야 올바른 신앙생활에 뿌리를 내리게 된 여정을 기쁨으로 돌아본다.

피천득 작가(교수)

프로필

출생 : 1910.5.29. 서울 출생

사망 : 2007.5.25. (97세)

학력 : 일본 후장대학교 영어영문학 학사

수상 : 1999년 자랑스런 서울대인상

1995년 제9회 인촌상(문학부분)

1991년 대한민국 문화예술상 은관문화 훈장

근 현대사 인물(1910~2007)

작가이자 영문학자 시와 수필을 두루 썼으며, 대학(서울대)에서 오랫동안 영문학을 가르치며 번역 작업을 하였다. 대표작으로 "인연" "은전 한 닢" 등이 있다.

기념관 –

금아 피천득의 생애를 담은 전시공간인 기념관이 롯데월드 민속박물관 입구 쇼핑몰 3층에 있다. 관람은 오전10~오후7시 (년 중 무휴다)

첫 번째 테마 – 금아를(피천득의 필명) 만나다.

오월 피천득 – 오월은 신록의 달. 모란의 달이다.

5월의 시
오월은 금방 찬물로 세수를 한 스물한 살의 청순한 얼굴이다
하얀 손가락에 끼어 있는 비취가락지다.
오월은 앵두와 어린 딸기의 달이요
오월은 모란의 달이다.
그러나 오월은 무엇보다도 신록의 달이다
전나무의 바늘잎도 연한 살결 같이 보드랍다.
스물 한 살의 나이였던 오월
불현 듯 반차를 타고 피서지에 간일이 있다.
해변 가에 엎어져 있는 보트
덧문이 닫혀있는 별장들
그러나 시월 같이 쓸쓸하지는 않았다.
가까이 보이는 섬들이 생생한 색이었다.
신록을 바라다보면
내가 살아있다는 사실이 참으로 즐겁다.
내 나이 세어 무엇 하리 나는 오월 속에 있다.
연한 녹색은 나날이 번져가고 있다
어느덧 짙어지고 말 것이다.

머문 듯 가는 것이 세월인 것을
유월이 되면 '원숙한 여인' 같이
녹음이 우거지리라
그리고 태양은 정열을 퍼붓기 시작할 것이다
밝고 맑은 순결한 오월은 지금가고 있다.

서초구 반포 천 피천득 산책로 헤밍웨이길 벚꽃 로드

롯데 월드 타워(고층 건물)

높이 : 554m 123층 세계에서 6번째 높은 건물이다.

전망대 – 서울 스카이 117층과 123사이에 위치한다.

- 세계에서 높은 고층건물 현황

1위 : 부르즈 할리파 전망대 (아랍에미레이트 두바이) 163층 828m

2위 : 메르데카 (말레이시아 쿠알라룸푸르) 118층 678m

3위 : 상하이 타워 (중국 상하이) 128층 632m

4위 : 알베이트 타워 (사우디아라비아) 120층 632m

5위 : 핑안 파이낸스 (중국 선전)센터 115층 599m

6위 : 롯데월드타워 (대한민국 서울) 123층 554m

7위 : 제1세계무역센터 (미국 뉴욕) 94층 541m

    (2001년 9월 11일 멸실됨)

8위 : CTF파이낸스 센터 (중국 광저우) 111층 530m

9위 : 톈진 CTF 파이낸스 센터 (중국 톈진) 98층 530m

10위 : 중국존 (중국, 베이징) 108층 527m

11위 : 타이페이 101 (대만 타이페이) 101층 508m

세계 11위의 고층 건물 중 중국이 5 군데나 있음